憎悪の依頼

金色日环食

松本清张
短经典系列

〔日〕松本清张 著

朱田云 译

人民文学出版社
PEOPLE'S LITERATURE PUBLISHING HOUSE

著作权合同登记号　图字01-2024-5838

Original Japanese title: ZOUO NO IRAI by Seicho Matsumoto
Copyright © 1982 Yoichi Matsumoto
Original Japanese edition published by SHINCHOSHA Publishing Co., Ltd.
Simplified Chinese translation rights arranged with SHINCHOSHA Publishing Co., Ltd.
through The English Agency (Japan) Ltd.

图书在版编目(CIP)数据

金色日环食/(日)松本清张著;朱田云译.
北京：人民文学出版社,2025. -- (松本清张短经典系列). -- ISBN 978-7-02-019079-9
I. I313.45
中国国家版本馆CIP数据核字第2025Q1N111号

责任编辑　朱卫净　陶媛媛
装帧设计　钱　珺

出版发行　人民文学出版社
社　　址　北京市朝内大街166号
邮政编码　100705

印　　制　安徽新华印刷股份有限公司
经　　销　全国新华书店等

字　　数　118千字
开　　本　889毫米×1194毫米　1/32
印　　张　9.125
版　　次　2020年5月北京第1版
印　　次　2025年1月第1次印刷

书　　号　978-7-02-019079-9
定　　价　59.00元

如有印装质量问题，请与本社图书销售中心调换。电话：010-65233595

目 录

憎恶的委托
1

        美丽虚像
          19

铃兰花
83

            女囚
           113

没有文字记录的首次登顶
139

        明信片上的少女
           175

大臣之恋
197

         金色日环食
           221

流动之中
249

          壁上青草
           267

憎恶的委托

我杀人是因为与川仓甚太郎之间的金钱借贷关系。我借给川仓合计九万日元,因为他一直不还,所以我把他杀了。这是我的供词。警方的搜查科长和检察院的检察官都为此想不通。

"就为了这么点儿钱?"他们问我。

"对你们来说不值一提的小钱,对我来说可是巨款。"

当然,警方也对我和川仓甚太郎之间的关系和交往情况进行过调查,却没找到任何足以推翻我的证供的线索。我因为自供的动机而被起诉,并接受了判决。我在一审时就直接认罪了。

可能是因为我的犯罪动机比较单纯,所以量刑比较轻。但我并非为了减轻自己的刑罚才那么说。我只是不想说出真实的动机。

我觉得大部分认罪者都在内心隐藏着他们在判决书上所供认的动机以外的实际动机。事实上,我就是如此。我打算将嘴上没说的真实动机写下来。

在一根筋的警方和检方面前,我没能说出口,现在，我一个人在房间里的时候，就想用笔记录下来。

就算我的这篇告白被法官看到也没关系。我希望他也知道，世界上的罪犯动机并非判决书上所写的东西。

我和佐山都贵子认识，是在我犯下罪行的两年前。

经由朋友介绍，我认识了佐山都贵子。具体过程没必要写在这里。那年我二十八岁，是某公司的职员。她在某政府机关做事务员，那年二十四岁。

我与佐山都贵子每次见面只喝茶，或为了错开电车拥挤的高峰时段而在街上散步，有时候也会去看电影。

她算不上美女，走在路上回头率也不是很高，但很有味道。和她相处过的人，应该都能从她的脸上感受到一种由内在的率真反映出来的淡淡明媚。

我对她越来越有好感，觉得她对我应该也有好感。

我从没对都贵子说过甜言蜜语。我觉得她应该知道我对她有意思，而且应该不排斥我对她的好感。我并没有急于和她更进一步。那是一种如海绵般包蕴着各种发展可能的交往，我因此觉得非常愉快。

○

这种状态持续了半年多。打破这状态的是佐山都贵子给我看的一封信。

这天傍晚，我们在经常碰头的咖啡馆见面。正在喝茶的时候，她的嘴突然离开茶杯，一个人笑了起来。

"对了，给你看一样好东西。"说着，她从黑色皮包里拿出了那封信。

"是什么？"

"你看了就知道了。"

她的眼角堆满了笑意。信封上，收件人写着她的名字。我从信封里抽出信纸，发现是个男人写的，字迹和文章都不算出众。

主要内容是——上次见面时，你的衣服好漂亮，很符合你的气质，让我感觉更喜欢你了。希望你在这周六傍晚六点能来信浓町车站前。为了见到你，一个小时、两个小时我都愿意等下去。

我把信塞回信封，还给她，内心受到强烈的冲击，但努力不表露在脸上。

"是你的男朋友吗？"我的声音有些嘶哑地问。周围的声音此刻仿佛都通通离我远去。

"不是啊。如果是，我干吗给你看？"她保持着笑容说，"稍微有点儿交情而已。他有老婆的，估计是想找我做情人。真拿他没办法，已经寄给我过三四封这样的信了。"她的口吻里带着嘲笑。我因此稍稍安心了一下,但仍不能镇定下来。

"从这封信的内容来看,你应该见过他不止一两次了吧。"

"是啊。那是没办法呀,毕竟他关照过我。但我们只是一起去神宫外苑散散步而已。"她回答后,眼睛一直盯着我,说:"不会再去见他了。只是他的信太好笑,所以拿给你看。"

我喝了一口杯子里剩下的咖啡,索然无味。我的手指感觉马上就要颤抖了。

打破我平静的就是那封情书。虽然我相信她说的话,但一想到一个陌生男人与她并肩走在夜色中的神宫外苑,我的内心就好像要掀起一股风暴。我决定付诸行动,表白我的情感。

走出咖啡馆,我边走边说:"你刚才那封信对我来说真的打击很大。"说完,我看向空中。

"怎么了?"都贵子在一旁扭头看着我,虽然听上去很吃惊,但她应该知道我为什么说那句话。

"总之打击很大,不想就这么直接回家。你陪我去看电影吧?"我要求道。

她低着头默默地跟着我走。这证明她知道我不开心的理由。垂下眼神的都贵子的模样给了我一种满足感。我想知道她到底怎么想。我不能再犹豫。我决心迈入之前被包覆于愉悦静止之中却不断膨胀、激烈涌动的欲望。嫉妒与确信相加、相叠，让我的内心好像着了火。

我在看电影的时候，一直在"瞄准"她的手。内心的悸动没有片刻的平息。我屏住呼吸向她的手靠近。

然而，当我的手指刚刚有了一瞬间的触感时，她的手就不见了——她快速地逃开了。失望和羞耻让我根本不知道电影到底讲了什么。

不过仍有另一个让我鼓起勇气的机会。电影结束后，我打出租车送她去车站。之前也有过很多次，每次都没有任何事发生。但今晚不一样，我已经忍不住了。

我大胆地把手伸向她，她却立刻把手抽开，放在自己膝盖的另一边藏了起来。我好像听到她低声说了什么，然后她把身体朝远离我的反方向挪了过去。

当着出租车司机的面，我实在没有勇气再做第二次尝试。但是作为一种慰藉，我看到她侧脸的唇边一直挂着微笑。就是这一点让我看到了希望。

○

之后的一年内,我多次向她求爱,有时候只有言语,有时候会付诸行动,比如在暗路上突然抱住她的肩膀。

但无论我怎么做,佐山都贵子就是不接受我。

"我明白你的心情,但我不是对'那种事'很快接受的女人。我们还是暂时继续做朋友吧。"

她每次都这么说,脸上一直带着微笑。

我想去抱她肩膀的时候,她会像空气般一溜烟地逃开;我想去牵她手的时候,她每次都机警地躲开。

"别这样,怪怪的。"她笑着说。那笑脸能化解我的焦躁,缓释我内心的欲望。

我们一直这样交往着。打电话给她,约她出来,她每次都会赴约。喝茶,散步,看电影,和之前没有任何两样。她的脸上一直都带着好像会接受我的微笑。

愉快的现状虽然没有改变,但我所希望的进展一点儿都没有。热情与焦虑在我的心中蹿起火焰。

佐山都贵子到底在想什么?她是故意要逗我着急吗?或者她其实是在拒绝我、玩弄我?我没法作出判断,只能痴痴地看着她嘴角淡淡的微笑。

终于,某个周日,我成功地把佐山都贵子约去了箱根。她答应我去的那晚,我高兴得一宿没睡。我想着第二天一定要马到成功。各种空想的场面在我的脑海里转来转去,神经活跃得片刻不休。

那时是晚秋。我从汤本①特地没坐大巴,而是包了辆车开到了"里箱根"②。我希望有更多的时间与她享受二人世界。车从仙石原开往湖尻。正当车子开到万里晴空下的芦之湖附近时,我一把抓住都贵子的手。她还是想逃,但这一次我更积极。

她低声说道:"别这样。"然后用下巴示意司机的背。但我哪里管得了什么司机。一番小小挣扎之后,她放弃了抵抗,脸转向窗外。我用两只手包着她的手,放在膝盖上揉了又揉。

都贵子没有给我任何反应。她的手就像在接受治疗似的,非常柔顺,指间没有任何反抗的意思。我从旁看过去,觉得她的脸上带着笑意,是那种"咯咯咯"、感觉场面滑稽的笑。这让我又焦躁起来。

我说:"好不容易来一趟,去泡温泉吧?"

很意外,她居然高兴地点点头。我心里再一次悸动

---

① 汤本和下文中的强罗是箱根温泉区的两个重要站点。

② 位于"界箱根"的旧东海道沿线,即所谓的"里箱根",有很多被深山幽谷包围的旅社和紧靠溪流的半露天温泉。

不已。于是我让司机开到强罗，随便找了间旅馆。我的呼吸开始急促起来。

然而，到了旅馆之后，我的希望又落空了。服务员要带我们去温泉池，都贵子却把我推回房间，自己一个人去泡了温泉。服务员询问要不要给我们准备被褥时，都贵子抢在我前面回答说马上就回去，所以不用。

在旅馆的两个小时里，我都不知道自己做了什么。我向她靠近的时候，她总是迅速逃开。

"那种事很怪的。你别动手动脚，好吗？我们聊聊天吧。"她的眼角依然泛着微笑。在这个能听到从山下开上来的登山电车声响的房间里，我的心焦躁不安，却又无所事事。

离开旅馆后，我们在暮色中下山，离开了箱根。远处是星光，脚下是黑色溪谷中温泉旅馆的灯火。并肩步行的时候，我想去牵她的手，但她再一次拒绝了我。

"我不喜欢那样。"说完，她一个人走到我前面。黄昏下，箱根的浪漫氛围没能勾起她的丝毫心动。我感觉就像吃了土，难受地回到东京。

然而，我与佐山都贵子并没有马上关系破裂，我们依然一起喝茶，一起散步。这样的状态没有变化，但之前我所想象的发展可能已经完全破灭，只剩下被她玩弄的我自己。

不仅如此,某天夜里,我实在忍不住想在一条没什么人的路上强吻她,被她非常用力地推开。

"我不是那种女人。我比你想象的更理性。"她在黑暗的空气中扔给我这句话,踩出"噔噔噔"的鞋跟声离我而去。

○

我终于明白,她对我根本没兴趣。但我已经没法离开她。不仅仅是一种执拗,还因为我正在酝酿别的企图。她对我的求爱全然不予理会,我对她的爱则像撞上冰壁后被狠狠地弹回来。我必须作出反击。

我想到了报复她的工具,就是我朋友川仓甚太郎。

川仓甚太郎自称诗人,没有老婆,但身边女人不断。他长着高鼻梁,戴一副无框眼镜。他经常一言不发地用手指撩着干枯的长发。缄口不语是他的招牌动作。一旦开口,他就会说些不入流的话,总是一副痞痞的口吻,给女人一种虚无感。

我把川仓甚太郎叫到位于新宿的咖啡馆,拜托他搞定佐山都贵子。他听完,歪着嘴说:"得给钱哦。你肯出多少？"

"三万怎么样？"

我定下日期。把佐山都贵子叫出来的时候，安排川仓甚太郎与我们"巧遇"，然后顺水推舟地介绍他俩认识。当然，事情进展得很顺利。在我和都贵子面前，川仓没怎么说话，一直用纤长的手指拨弄自己的下巴，凝视着桌子。我心中暗想：真有一套。

之后，我刻意不与都贵子见面。我告诉自己要疏远她，直到事成。另一方面，川仓有义务向我报告进展。

才过去一周，他就打电话到我的公司。我着急地对同事说自己有事外出，然后在公司附近的咖啡馆与他见了面。我着急地看他的表情，却没从他的脸上看到任何信息。

"那女人很一般嘛。"他批评道。这句话可以理解为他不知道我对那个女人迷恋不已，也可以理解为他觉得这种程度的女人不可能搞不到手。

"然后呢？怎么样？"我觉得自己的嘴巴很干。

"我给她打电话，她就出来了。然后一起坐地铁去上野，在公园散步的时候牵了手。如此而已。"他一边抽烟一边说。

我对他的迅速上手感到震惊。他怎么那么容易就做到了？我试了那么多次都被逃掉的手，佐山都贵子居然在第一次和川仓散步的晚上就给了他。我再次仔细盯着川仓的脸，他一脸无趣的表情，说："怎么样？再给我三万？"

我听罢，突然觉得佐山都贵子是一个非常无趣的女人，既然这样，我就能释怀了。如果我产生了特别嫉妒的感情，估计这个计划就会泡汤。但我意外地很平静。佐山都贵子这个不要脸的女人，越早掉入男人的陷阱越好。我又给了川仓甚太郎三张一万日元的大钞。

之后只过了一周，我再次被川仓叫了出来。这次他向我报告："昨晚我们接吻了。"

"啊？在哪里？"我内心轰鸣不已。一周没见佐山都贵子，时光在我的印象里飞逝而过。

"我带她去了神宫外苑。我们吻了两三次，其实还可以吻更多次。但毕竟第一次嘛，要有所保留、吊吊胃口。两三天后，她就会忍不住又来找我的。"川仓吐着烟，百无聊赖地说着这些话。

○

交往了一年却什么都不让我碰的女人，居然被川仓甚太郎如此迅速拿下。不过，这速度让我很开心，甚至产生了一种快感。自己做不到的事，让别人代劳，感觉就像观看职业运动员打比赛。

因为太麻烦，我就不写川仓每次向我汇报的具体时间了。之后他又向我多次报告：

"昨晚我带她去了郊外。有田的地方，周围没什么人家。我抱着她想要放倒在地，但她不肯。没办法，所以……"说到这里，他摆出了某种姿势。我吞了口口水。

"所以怎样？"

"她说太害羞，却一直趴在我的肩上。也不能太着急，你懂的。搞定她只是时间问题。"

他说完这些，又说因为要带都贵子去很多地方都要花钱，于是再次从我这里拿走三万。

过了几天，他又来找我。

"昨晚我们又去那里了。她还是不听话。没办法，只能做到上次那种程度。她当时已经呼吸急促了呢。"

连着三四次，川仓都向我报告类似的内容。对我来说，都贵子已经是他的囊中之物，只差最后一步而已。川仓甚太郎无视我的想法，只是一如既往地厚着脸皮问我要钱。

过了几天，他又报告说："昨晚可惜了。好不容易她答应我了,但附近的狗叫了。看到远处的人家亮了灯,她怕得迅速爬起身,逃得可快呢。"

之后的一次,他报告说:"不知道是不是上次的经历留下了阴影了,她怎么都不同意。没办法,只能做到之前的'那一步',然后各自回家。"

川仓的报告让我感觉他越来越驾轻就熟。我并不是指他说话的方式,而是指他和都贵子之间的关系,然后,这种关系上的"熟络"也反应在了他的措辞上。我就像在听都贵子的近亲而不是听他人在讲故事。

之后就是最后一晚。

我们在郊区的咖啡馆见面。我还在公司里的时候,他就给我打了电话。

他先到,我进咖啡馆的时候他已经坐在那里等我。我点了杯咖啡。川仓第一次笑到眼角挤出皱纹,歪着嘴对我说:"嘿,终于搞定了。就在昨晚。"

我之前已经预想到他可能会说这件事,所以没有太过吃惊,但一瞬间身体发抖,觉得周围的景象看起来全都扭曲了。

"是吗?"我说,"在哪里?怎么搞定的?"连我的声调都开始变形。

他直勾勾地盯着我说:"现在?在这儿?说那些不

太好吧。总之，你叫我做的算是完成了。"他不太高兴地说。他对我的问题不予回答，只说了这些，估计是因为他看到我的表情后，猜到了我的真实想法。

我们沉默地喝了一会儿咖啡。气氛有些尴尬，但我心里渐渐平和，就像经历过巨大悲剧之后所感受到的滋味，反而有一种淡然的、恍惚的，甚至让人陶醉的感觉。我似乎听到远方有个声音飘飘荡荡地告诉我：这样就算报仇了。

"走吧。"

川仓从椅子上站起身来，回答说"好"。我拿了账单去付钱。

离开咖啡馆后，我们一路默默地走着。夜深了，我看到很多大房子的屋檐从黑魆魆的茂密树林深处探出头来，远处的路灯照得路面好像结了冰，泛着冷冷的光。

走了一会儿，川仓甚太郎突然停下脚步："好冷啊。我去解个手。"我感觉好久没听他这么说话了。

他好像真的很冷，缩着肩膀站在暗处。我看到他岔开双脚，接着听到"放水"的声音。

我看着黑暗中他的背影：岔开双脚，头部稍稍前倾。就在那个瞬间，我突然冒出一股难以名状的冲动。不知不觉间，难以抑制的嫉妒从我的身体深处喷涌而出。他的那个姿势和佐山都贵子一样，对我来说都是丑恶的，是应该憎恶的。

我在"水声"还没停的时候，捡起路边的一块大石头，悄悄地走到川仓背后，双手举高，然后往他的头上狠狠地砸了下去。

起诉书上，我的杀人动机是因为川仓问我借了九万日元却不还。那是我自己的说词。真正的动机，谁都不知道。

说到不知道的事，其实我也有。最近，我经常会冒出一个疑问，川仓甚太郎向我报告的那些内容到底是不是真的？会不会是他为了从我这里骗钱而故意胡编乱造的？佐山都贵子真的那么容易被川仓那样的男人搞定吗？我越想越觉得不对劲。

（原载于《新潮周刊》，昭和三十二年四月一日号）

美丽虚像

一

　　石浜库三事业衰败的消息很早就在报上登出来了。石浜家的上一代是日本大正时期的实业家，创建了庞大的纺织王国。继承家业的石浜库三并没有吃上辈人的老本，而是靠自己的实力，不断扩大企业规模。从某种意义上来说，他务实的经营手腕甚至超越了上一代。大家都知道，石浜库三喜欢收集西洋美术作品。他年轻的时候就对艺术很感兴趣，很早就开始一点点地收集西洋的古画。到了他发达的时候，更是凭借自身的财力购入很多名画。石浜收藏艺术品的名声早已远播海外。

　　然而自一九五八年、一九五九年始，石浜集团进入设备投资期，石浜库三对其集团下属的各家企业进行了大规模的设备扩张，结果出现了生产过剩，石浜集团旗下的大多数企业陷入经营不善的局面。除了石浜家族原本的纺织企业，其他后来被合并进来的企业相继出现了业绩下滑，整个集团因此陷入危机。

听说石滨财团的事业不景气之后，都久井首先想到的是石滨的那些藏品是不是要被出售。都久井是一家报社文化部美术线的记者，很了解石滨家的藏品情况，知道其中价值超过一亿日元的作品不在少数。

都久井七八年前曾为报社主办的"世界名画展"做策划，当时他为了借用展品，曾与石滨库三打过交道。那时候，他通过一个名叫冈田主计的美术评论家从中搭线，见到了石滨库三。石滨非常大方地将自己的七八件藏品借给都久，都是鲁本斯[①]、凡·戴克[②]、德拉克罗瓦[③]、梵高和塞尚的作品，虽然不算名作，但毕竟出自大师之手，所以石滨的藏品让当年的画展熠熠生辉。

都久井预感，石滨的事业危机早晚会逼得他出手那些藏品。比起财阀的衰败，都久井更惋惜那些名画，眼看就会四散到各地。他觉得这些作品还是应该由一个人集中收藏起来更安心。一想到那些藏品离开石滨后将不

---

① 彼得·保罗·鲁本斯（Peter Paul Rubens，1577—1640），17世纪佛兰德斯画家，早期巴洛克艺术杰出代表。

② 安东尼·凡·戴克（Anthony van Dyck，1599—1641），佛兰德斯巴洛克艺术家，英国宫廷画家，后在意大利和佛兰德斯取得巨大的成功。

③ 欧仁·德拉克罗瓦（Ferdinand Victor Eugène Delacroix，1798—1863），法国著名画家，浪漫主义画派的代表之一。

知流落到何处，再加上当年向石浜借画的美好回忆，都久井就觉得分外感伤。

事实上，没过多久就传言四起。因为石浜实在太过有名，像他这种高端的收藏家，其实特别害怕风言风语。一旦传言成真，那他原本就危机四伏的事业就会雪上加霜。

都久井没办法直接去找石浜求证传言的真伪。他们当初在画展时结下的也只是很浅的交情。画展过后，由于石浜是大财团的大人物，本来就不是一般人轻易可以见到的；更何况就算当面问他，他也不见得会说实话。

都久井想到去找画商。如果石浜不想惹人注意，悄悄地把藏品拿出来卖，就必然要找画商帮忙。这样的话，画商之间就会收到消息，所以都久井觉得找画商打听应该是一条捷径。

这天傍晚，都久井来到位于银座的东都画廊。早春的晚上，店内的男男女女看上去多为刚下班的公司职员，正站在挂于墙上的画作前驻足欣赏。当然，这些都是在售的画作，看起来和其他杂乱地陈列着的商品没什么两样。

一名认识都久井的画廊工作人员为他走进里屋去叫老板小西。没过多久，小西挪着肥胖的身子走了出来。

他从年轻时起,就胼手胝足地经营画廊,但从他那张圆脸上一点儿都看不出他吃过的苦,中分的白发和红润的脸颊让他看上去就像一位十分有教养的绅士。

"下班了?"小西以为都久井是下班后顺道过来看看画的。"怎么样?生意好吗?"

"唉……"他苦笑着没说出"不景气"那三个字。他把都久井请到画廊中间的桌子前,叫人为他送上一杯茶水。

都久井和他闲聊了一会儿最近几场展览会的事,然后又问了小西最近的生意情况。

小西回答说:"不景气的时候,那些价格高昂的画根本出不了手。只卖掉一些便宜货,完全赚不了钱。"

"对了,说到不景气,我听说最近有人要出手藏品,是不是真的?"都久井若无其事地试探道。

"是啊。藏家们好像手头有点儿紧,只能把画卖了。但现在的画商也很苦,虽然在这种时候其实也很想拼一下,把那些好画买下来,但苦于没有资金。"与以往看起来和二手商店没什么两样的旧时代画铺不同,最近,画商们都开始选择现代感十足的装修风格,当然就不得不为此付出高额的费用。小西看着曾经引以为豪的画廊的内部装潢,感叹着自己如今的缺钱境况。

"但若不是这种时候，就不会有好画放出来吧？要不了多久，就会翻上好几倍。所以换句话来说，现在正是赚钱的最佳时机吧？"

"资金充足的时候，当然可以这么想，但像现在这样……我们这种小商户，想问银行借钱融资都很难。所以就算是垂涎不已的画作，因为资金匮乏，也只能眼巴巴地看着被别人买去。而且就算暂时借到高利贷把画买下来，也不能保证马上就能以高价转卖出去。"

"如果是本来就熟悉的藏家，而且对方出手的又是大师名画，应该会很抢手吧？"

都久井绕着圈子想把话题引到石浜身上，但小西到底是生意人，并没有马上接茬。都久井猜想，石浜的生意经营也许比预想的更糟糕，但毕竟好画价高，所以被隐藏的时间可能更久。

"对了，"都久井忍不住单刀直入地开口问道，"我听别人说，石浜最近好像在一点点地把他的藏品往外卖？"

小西藏在镜框后的眉毛轻轻地皱了一下："我也不是没听说这种传闻。如果是真的，石浜真够惨的。"

"你这里有没有他想要出售的画？不一定是他直接卖给你的，有没有人来找你做中间人？"

"没有人来找我，"小西把茶杯放到嘴边，似乎在犹豫着该不该透露后面的话，"你不会是想把这些登报发表吧？"小西把茶水送入喉咙后问道。

"怎么可能？我只是觉得如果是真的就太可惜了。就像你说的，石浜好可怜。我以前因为工作关系，借过他的画，一想到那些藏品有可能四散到各地，就觉得很可惜。"

"你说得一点儿都没错。他收藏的那些画，如果现在不出手购入，以后绝对更加买不起，"小西稍稍想了想，压低声音说，"你可别告诉别人是我说的哦。"

"当然。"

"镜画廊，就是杉原开的那家，听说他那里收入了石浜的三幅画。"

"三幅？是谁的画？"

"鲁本斯、凡·戴克和塞尚的。其中凡·戴克的就是你上次展览会借去的那幅淡彩钢笔画哦。"

"啊，是那幅啊。"都久井的眼前立刻浮现出那幅画——画在旧纸上的凡·戴克的素描。估计是为某幅画作考虑构图时所作的素描，同一张纸上画有三处群像。画作正中的人物骑在一匹骏马上，马儿的前蹄高高抬起。那一看就是凡·戴克式的精准描摹力。都久井至今仍记得画上雄浑的线条。

"鲁本斯和塞尚的那两幅用的是十号油彩，价钱贵得吓死人。不过凡·戴克的素描就便宜很多，听说很快找到了买家。"一开始遮遮掩掩、不肯说实话的小西，说着说着，就把他知道的全都说了出来。

二

"那么好的作品，自然会很快找到买家。是什么价钱？"都久井问。

"先不提价钱的事。事实上，那幅画还悬着呢。"小西悄悄地说。说"画还悬着"，意味着买家因为某种理由，确定交易后却迟迟没有去取画。

"怎么回事？价钱公道的话，凡·戴克的画一定很抢手啊！而且是出自石浜的收藏，肯定没问题啊。"

"问题就在这里。这事儿可不敢大声张扬。听说有一位美术评论家给那幅画的买家提了些建议。"

因为美术评论家的建议而导致买家不去取画，只有一种可能，就是评论家认为那幅画有问题。

但都久井很难相信。因为那幅画出自石浜的藏品，来源非常可靠，而且他当年也在展览会上仔细地看过那幅画，知道那幅画还配有远屋则武的鉴定书。

都久井把自己的疑惑说了出来。

"话是如此。有远屋的鉴定，应该错不了。我也不知道到底是怎么回事。"小西含糊其词地说道。

远屋则武是七八年前去世的著名美术评论家。或许称他为学者更为准确。他是西洋美术方面的权威，长期在国立大学开设西洋美术史讲座。他的学生们现在都是著名的大学教授或活跃在美术界第一线的评论家。远屋则武可谓稳坐西洋美术评论界的第一把交椅，所以他的鉴定具有绝对的权威。

小西虽然说得比较暧昧，但都久井听出了大意——买家之所以突然对凡·戴克的那幅素描画产生怀疑，主要是因为某位美术评论家向买家提出忠告，认为那幅画有问题。这么一来，那位美术评论家等于是在全面否定远屋则武。都久井对此难以置信。

远屋的学生们如今都是大教授或美术评论家，是各个领域的权威人士。他们继承了远屋则武的衣钵，并将远屋视为"神"。由此看来，否定远屋的那位评论家一定是不属于远屋派的"在野派"人士。

"是谁？"都久井追问小西。不只是因为他本来就喜欢刨根问底，还因为自己曾经在报社主办的美术展上展出过那幅画。如果那幅画是伪作，他觉得自己有责任弄清楚。

小西一开始有些不太愿意说，但最终还是告诉了都久井，那位年轻的评论家是梅林章伍。

"啊？是梅林？"

都久井因为工作关系，知道梅林章伍这个人。他年纪轻轻，才三十五六岁，但很有本事，感觉非常敏锐。都久井负责的文化专栏里好几次出现过关于梅林章伍的介绍。

都久井说，想去找梅林问问究竟是怎么回事。小西千叮咛万嘱咐，拜托都久井千万别说是他说出来的。小西担心被同行镜画廊的杉原知道后，误会自己有别的意图；另外，他还担心会得罪在美术评论界占据主流地位的远屋派，而且后者是他最害怕的理由。万一走漏了消息，很可能会影响到他的生意。

一般而言，画商在把画作卖给顾客时，一定会加上知名评论家的鉴定书、推荐信或口头的美言。因为比起画商，外行人更愿意相信著名评论家的那一行字。画商虽然心里觉得蛮可笑的，但也只能接受现状。学术型的评论家泰半属于远屋派，所以如果得罪了他们，肯定没办法好好做生意。也难怪小西有些后悔自己说得太多。第二天，都久井在上班前走访了住在青山南町公寓里的梅林章伍。梅林平时一边写评论文章，一边在私立大学做讲师，教西洋美术史。因为他是不定期开课的客座讲师，所以没课的时候会睡到中午才起来。

梅林红着眼睛说自己昨晚写评论文章一直写到早上。

"小西也知道了？"梅林对自己做过的事并没有否认，说，"石浜收藏的凡·戴克的素描和另外两幅画被镜画廊收入了，这是事实。我认识的一位社长想购买那幅素描，但我劝他最好不要买，这也是事实。虽然已经签约了。"

"你是说那幅画不好吗？"

"不是不好……如果是日本画，画商会用'二番手'这个词。"

"二番手"是一种委婉的说法，其实就是赝品的意思。

"啊？你说那幅画是伪作？"

虽然已经预想到答案，但是听到梅林亲口说出来的字眼时，都久井只能愣愣地看着梅林。迄今为止，从来没有一个人怀疑过石浜收藏的凡·戴克淡彩素描是伪作。

"但那幅画有远屋则武的鉴定书。"都久井抛出远屋的权威。梅林也知道继续说下去只会打破都久井对远屋权威的认知，但他还是觉得有必要说出来："是啊，我也知道，"梅林的满口黑牙叼着一支白色香烟继续说道，

"不管有没有远屋大师的鉴定书,不好的东西,我都只能说不好。"梅林自信满满,眼角带笑。

梅林章伍的美术评论一向非常犀利,都久井已关注他很久,还曾主动向上司建议,邀请梅林撰写评论。虽然梅林章伍有些锋芒毕露,论调也总是很独断,不过都久井觉得那样也很难得,毕竟最近越来越多的评论家只会写一些暧昧的评论。

而且并非毕业于国立大学的梅林常常发挥他的"在野精神",对主流的学术型评论家们经常怀有一种对立意识。这其实很有意思。他写的评论经常会挑战矢出教授、野泽教授等如今的诸多权威。新人评论家们选择攻击现有的权威,以此来提高自己的知名度,这似乎是一条必经的成名之路。但从另一方面来看,这样的新人评论家本人也必须勤奋好学、博学多才。从这一点来看,梅林章伍肯定是下过苦功的。

国立大学的矢出教授、野泽教授的恩师就是远屋则武。梅林的权威否定论似乎会一举击落大家心目中的偶像。都久井觉得,梅林提出"凡·戴克的素描画是伪作"这种论调,本身就是对权威的一种挑战。

"你有什么根据认为那幅画是伪作?"都久井当然要问清楚。"画面的笔势较弱。将凡·戴克的画法模仿得非常精确，但没有那种撼动人心的气势，没有真迹才有的那种魄力。其实我第一次看到那幅画，是在你们报社举办的那场画展上。当时我就觉得哪里不对劲儿。不过那时候我认为是自己眼拙，毕竟那幅画有远屋大师的鉴定书，而且是他亲笔写的。但后来我还是觉得有问题。"

"没有魄力""笔势较弱"之类的说辞是评论家们断定画作为赝品时常用的词。但这些只是主观感觉，并非客观证据。虽然评论家的主观感觉肯定是建立在经验、知识的积累之上，但并不能单纯地依此断定真伪，毕竟经验与知识是无限的。而且在经验与知识方面，远屋则武肯定比梅林章伍要强势很多。如果问这世上的人会更相信谁的主观，大家必然会选择学术型的远屋则武。

远屋则武生于一八九二年，毕业于帝国大学哲学系美学专业。进入研究生院后，在塚本良次教授的指导下，从事欧洲美术史的研究。一九二五年，他作为帝国大学的讲师赴欧洲留学，之后升为副教授，并成为文部省公费留学生。

一九二九年，他回到日本，一边教西洋美术史，一边作为帝国大学附属美术研究所的特聘人员。一九四〇年，他出差去欧洲进行考察。一九四三年，他当上了帝国大学的教授，开讲美术史讲座。一九五一年退休后，他担任过私立大学的讲师、私立美术馆的馆长、文教政策审议会委员、国宝保存委员会委员和西洋美术振兴理事会理事等职务。一九五五年三月十二日辞世,享年六十三岁。著作有《文艺复兴美术研究论》《西洋美术概论》《近代美术的胎动》《云游欧洲美术》等。他被视作日本近代美术批评的鼻祖。他的文章大多比较晦涩。

远屋则武拥有如此华丽的履历,相形之下,会选择相信梅林章伍的肯定少之又少,毕竟他连一部像样的著作都没有。

三

鉴定真伪除了主观判断,还有材料问题。伪造古画必须使用当年的材料。如果是油画,很多人会随便买来一幅同年代的画,把画布上的颜料刮掉,再在画布上重画想伪造的画。也有更幼稚的,直接在原来的画上涂颜料。但这些如今都可以通过发达的科学方法鉴定出来。

然而,凡·戴克的那幅素描确实是画在那个年代才有的画纸上,而并非画布上。因此,都久井问道:"那张纸是当年的吧?与瓦特曼画纸的质地较为相像,比较厚实。"

梅林一边向上撩着头发一边说："我在你们报社的那次画展上觉得那幅画不对劲之后，一直都对它念念不忘。这次得知我认识的人想从镜画廊买下那幅画，而且他特地跑来问我的意见，于是我有机会得以仔细观察那幅画。画的用纸确实是当年的纸张，使用的颜料也是当年的，因为新颜料的化学成分不一样，从画作的变色程度也可以证明。所以，从材料而言，确实是凡·戴克进行创作的十七世纪的作品，这一点完全没错。"

那为何还要说这是伪作？对于都久井的这个问题，梅林回答说，就是直觉。

"我就是觉得那是伪作。除了凡·戴克的素描作品，其实还有其他几件都存在共同的疑点，而且那些我觉得有问题的画作全都有远屋大师的推荐。"

梅林反复拜托都久井不要把这些在报纸上曝光。他之后还列举塞尚和德拉克罗瓦等人的素描作品，而这些作品也都被知名的美术家、企业家和收藏家所收藏。

"我把那些作品看了个遍。顶着美术评论家的头衔说想看画作，对方一般会欣然同意。"

"都是伪作？"

"就像我刚才说的那样，都很逼真，但都有一个共同的特征，那就是'弱'。"

"纸呢？"

"和凡·戴克的那幅用的是十七世纪的纸张一样，德拉克罗瓦的那幅用的是十九世纪的纸张，色泽和陈旧程度也几乎完全一致。"按照梅林的说法，这一定不是偶然。他的口吻暗示着那些伪作应该出自同一个源头。

"知道那些画分别出自哪里吗？"

"知道。那些伪作混在那些据说是从国外买回来的画作里。"

"也就是说，并不是在日本仿制的？"

"绝对都是日本没有的材料。"

国外当然有很多古画赝品，有人会在不知情的情况下买回日本；而现在，包括石浜收藏的凡·戴克的那幅素描在内，分别被不同的人收藏着。梅林口中的伪作应该就属于这个类型——都久井觉得梅林似乎是这个意思。

"不知道石浜藏品的前一任藏主是在什么时候购得那幅画的，"梅林继续说道，"但有一点非常清楚。我觉得是伪作的那些作品，第一次公开露面应该是在二战后。就具体时期而言，根据我的调查，应该在一九四八年左右，也就是战后不久。"

"换言之，在那之前就有人拥有那些画，但大众并不知道？"

"是的。连画商都不知道,都是未公开的作品。"

"……"

"这些画之所以会流到市面上,我估计是原来的藏主因为战后经济拮据,急需用钱。还有可能是因为不想缴纳不得不缴的财产税,所以干脆把画卖掉兑现。石浜就是在那时候买入的。"

"这么一来,如果找到原来的藏主,就能知道那些画到底是怎么来的?"

"没错。但这很难,"梅林又抽了一支烟说,"这个圈子并不透明。若被人知道为了钱而出售名画,肯定会有失体面。想打听此事的人顾虑到这一点,一般都会知难而退。所以即使有心寻找,也很难找到上一个藏主。"

"但那些画应该都是经过画商之手才流到市场上的,所以可以问画商吧?"

"我当然早就试过了。但画商大部分并不是直接从藏主那里买来,而是另有中间人。据说也有知道藏主名字的,但并无直接交涉。"

"那么问题就出在中间人身上了。会是谁?"

"中间人吗?你还没猜到是谁?"梅林盯着都久井的脸。都久井说没猜到,梅林也不吱声,他觉得不能透露更多。

"你要是打算追查下去,我没意见。如果你有心要查,可以去找千草画廊的大村问问看,他也经手过两三幅那样的画。"

千草画廊的社长大村也是都久井认识的人。

见过梅林之后,过了两三天,都久井来到位于京桥的千草画廊。

"我这里经手的有德拉克罗瓦的一幅,塞尚的两幅,还有卖给石浜的那幅凡·戴克的素描。三件作品都是素描,现在都被收藏在大收藏家那里。因为是远屋先生的推荐,所以买家们都很高兴。"秃顶的大村笑着说道。他完全没把梅林的话放在心上。当然,因为大村觉得只要有了远屋武则的推荐,画作的品质就如磐石般不可动摇,对此他非常自信。

"不愧是远屋大师。要不是他,我们都不知道世上还有那些画的存在。当时真的很震惊。"

"是远屋大师告诉你们有这些画的?"

"是啊,是大师说的。"

"什么时候?"

"最早是德拉克罗瓦的那幅,我记得是一九四七年的秋天。之后是凡·戴克的,最后是塞尚的。当时真的非常震惊,做梦都没想到这些画会在日本。"

"知道之前的藏主是谁吗？"

"说名字比较忌讳，只知道最初那幅德拉克罗瓦的画来自一名外交官，好像是担任外交官期间前往他国时弄到手的。凡·戴克的和塞尚的，据说是某公司上一代社长的藏品，听说并非原本就在日本，而是从国外买来的。当然，关于原藏主，我必须保密，这是行规。"

"那些画在你这里卖了很高的价钱吧？"

"是啊，就当时而言，真的很高了，但现在即使出同样的价也根本买不回来。虽然货币也有贬值，但现在估计已经涨到原来的七八倍了，因此买家都非常高兴。"

"你当年买下这些画的时候，是直接从原藏主手里买来的吗？"

"原藏主似乎不太喜欢和画商打交道。我是去一间屋子看画的，估计屋主就是原藏主。费用是之后在远屋大师的见证下交给对方派来的使者。"

"来收钱的使者是原藏主的妻子之类的家人吗？或者是秘书之类的人？"

"应该是吧。交易德拉克罗瓦的那幅画时，是外交官的外甥来拿钱的，看起来才二十七八岁的模样……另外两件作品是一个秘书模样的女人来拿钱的，看长相也就二十二三岁。我当时买下的价钱很高，所以付钱的时候稍稍有些担心。但因为有远屋大师的保证，就把钱给了对方。其实那样蛮好的，之后从没有发生过任何问题。"

"冒昧地问一下，你给了远屋大师多少礼金？"

"那么了不起的大师，我觉得谈钱反而可能会失礼，所以只给了些交通费而已。但大师连那都不要，最后还是我硬塞给他的。"

千草画廊的大村并没有明说"交通费"的具体数额。但都久井猜想，在当时，那应该是一笔不菲的礼金。像远屋则武这种"大师级评论家"里，有些人还真的把中介作为自己一半的收入来源，公然要求高额回扣。

都久井不知道大村是否知道镜画廊原本已经和买主约定好的那幅凡·戴克的淡彩素描至今悬而未出。大村的话里并没有提及这件事，不知他是忌讳提及同行还是因为那些画曾受远屋则武的关照才得以经手。都久井对此没法作出判断。

都久井利用报社记者的身份，试探地问道："不知道你有没有听说这件事……"之后，果然，他发现这个消息也传到了大村的耳朵里。

"不知道是谁吹毛求疵，但这个世界上就是有没长眼的人。远屋大师已经打了包票，竟然还有人说那些画是伪作，就等于在暴露那人自身的无知。矢出教授当时对我买下的那些画赞不绝口呢,没必要在意那些无聊的年轻评论家说三道四。"

大村似乎知道找碴儿的人就是梅林章伍,虽然不点破,却在指责梅林。远屋则武亲自介绍且保证过真实度的画作,就像是这地球上原本存在的一样,"真"到不容置疑。

四

都久井并非完全相信梅林章伍所言,但他认可梅林的敏锐,所以决定姑且按照他说的调查一下。如果梅林说的没错,那么报社之前主办的"世界名画展"上就公然展出了凡·戴克的伪作。虽说一半属于不可抗力,但都久井依然觉得自己应该为此负责。

有些伪作可以蒙蔽美术评论家的眼睛,被当成真迹,这样的实例不胜枚举,特别是很多日本绘画和工艺品。当然,西洋画也不在少数。

说到这种实例,都久井第一个想到的就是知名画家T制作的"泰西①名画"。T是日本人,年轻时去了法国,

---

① 旧泛指西方国家。

和很多人一样，到了那里之后沉迷于美酒与美女，在巴黎整日鬼混，一待就是十五年。他把自己画的伪作专门卖给从日本去法国的客人。

他的工作是在主营巴黎派[1]伪作生意的法国画商店里向日本客人兜售。除了尤特里罗[2]、莫迪里阿尼[3]、夏加尔[4]、布拉克[5]、毕加索之外，还有塞尚、奇斯林[6]等的伪作都出自他之手。这些伪作被买入日本后，堂而皇之地被摆放进美术馆，再由一流画商进行正规交易。据说由他伪制并卖出的"泰西名画"多达近百幅，单是一家画商的损失就高达一亿日元以上。

伪作流入到日本的，并非只有日本人T所作，也有很多欧洲人画的，而那些伪作都有本事瞒天过海，骗过

---

[1] 巴黎派（École de Paris），最早用来代指巴黎20世纪早期的具象派画家，特别是犹太裔画家。后来指20世纪上半叶基于巴黎的现代艺术运动。

[2] 莫里斯·尤特里罗（Maurice Utrillo，1883—1955），法国风景画家。

[3] 阿美代奥·莫迪里阿尼（Amedeo Clemente Modigliani，1918—1984），意大利表现主义画家与雕塑家。

[4] 马克·夏加尔（Marc Chagall，1887—1985），法国画家、版画家和设计师。

[5] 乔治·布拉克（Georges Braque，1882—1963），法国印象派和野兽派画家。

[6] 莫依斯·奇斯林（Moïse Kisling，1891—1953），法国画家。

诸多具有丰富鉴赏经验的人。买家一般都会找有名望的权威人士商量，请专业人士鉴定，然后才会决定是否购买。当事后知道是伪作时，鉴定家虽然脸上无光，但他们会强调并非自己一个人的责任，所以依然可以心安理得。换言之，那是一种半不可抗力导致的失误。

不过，那些凡夫俗子级别的评论家或经验家绝对无法与远屋则武相提并论。远屋是日本在欧洲美术方面的最高权威，只要他说是真的，那就绝对是真的。怀疑远屋鉴定结果的人反而会因为远屋的鉴定而暴露出自身的浅薄见识。

而且那批素描作品是在远屋则武"发现"之后，才告诉画商其存在，并非来路不明或随意鉴定的作品，而是远屋这位权威学者积极主动推荐的作品。所以此前从未有人像梅林章伍这样提出过任何异议。

都久井决定无论如何要针对梅林的主张调查出一个结果。远屋则武在七八年前离世，已经不可能从他嘴里了解到真相。现在能找的是远屋的弟子矢出雄介教授等人。虽然远屋弟子众多，但矢出是远屋的爱徒，一直跟随大师左右。都久井觉得矢出应该能作出说明。

然而，都久井之前见过矢出教授很多次，一想到矢出教授的为人，就有点不太想去直接找他。矢出教授的态度每次都很客气。作为现任西洋美术学界第一人，他很以远屋继承者的身份为豪。外界对他的评价是：表面看起来很客气，其实骨子里很冷淡，很骄傲。而且矢出教授每次一提到远屋则武，都会盛赞其人格至上，且绝对不容他人置疑。如果向这样的人询问关于那批素描画的事，肯定会有问无答，他甚至可能会觉得带着这种问题去找他的人是对其恩师无礼之徒，把提问者劈头盖脸骂一通都有可能。

于是都久井开始思考第二人选。远屋很多弟子的名字和脸浮现在他的脑海里，但就是没找到合适的。若说与远屋则武走得最近且参与到远屋私人生活的弟子，其实只有矢出教授。

找谁去弄清楚这个问题困扰了都久井五六天，一直没有进展。但人常常会在意料之外的地方发现偶得的收获。报社附近的一家小画廊最近在举办新人展，都久井看到新人展的广告板后，突然想起小坂田二郎的名字。

小坂田二郎的名字突然出现在公众面前是一九四九年、一九五〇年左右，之后的五六年间，他被捧为备受瞩目的新人。然而，现在大家早已忘记他的名字。

小坂田二郎刚在画坛为人所知的时候才二十七八岁，现在应该已经四十岁左右。都久井之前曾见过小坂田二郎很多次，算是认识。他身材干瘦，皮肤偏黑，总是卑微地哈着腰，看上去一副小心翼翼的模样。一开始对报纸和杂志记者的态度很友善，因为是他们把他捧出来的；但后来就变得傲慢无比，一副除了自己以外别人都是凡人的嘴脸，甚至把想要再捧他的人都惹毛了。当时，他甚至大放厥词，说自己将成为之后画坛的主流。

也不知道他是从哪里来的那种自信。一开始，小坂田二郎之所以受到关注，是因为远屋则武的赏识与大赞。可以说，他是因为远屋才在画坛春风得意的。一流的画商一般都不会把新人画家放在眼里，但小坂田二郎的画作因为有远屋则武的推荐而成为众多画商争抢的香饽饽。别人想要成为那种流行画家恐怕要经历二十年甚至三十年的蛰伏期，但小坂田二郎完全没吃过那种苦，一下子脱颖而出。

远屋则武曾多次在报纸或杂志上撰写文章，夸赞小坂田二郎的绘画才能。概括起来，大概是以下内容：

> 如今的日本西洋画家之中，几乎无人可谓天才。他们全都平庸无奇，作品也皆粗制滥造。他们的所谓才能，最多就像从别人的树林里收集落叶再搬运回来，借他山之力的程度。

然而，小坂田二郎与众不同。他就像稳稳地蹲守在名为"才华"的森林深处，靠自己的本事无限地采摘新叶。他是真正的天才画家。有朝一日，他必定会跻身世界知名画家之列。或许他已然立于名人画堂的门口。

这就是来自西洋画评论界之"神"对小坂田二郎的盛赞。

小坂田二郎的画是抽象画。都久井看过他的画，对那幅画是否配得上远屋则武的高度赞扬表示怀疑。因为从小坂田二郎的画里，都久井看不到独创的精神。然而，远屋则武的推荐就像一张拥有神权的金字招牌。与远屋的观点不同时，都久井只能反省是自己的鉴赏能力有问题。和他一样想法的人还有很多。大家都深信远屋则武对美的鉴赏水准肯定与凡夫俗子有着天壤之别，甚至会卑微地认为，画坛之神赞赏的绝对不会有错，想法不同只是因为自己的鉴赏能力过于低下，进而失去鉴赏的信心。

远屋则武周围的人也都对小坂田二郎推崇备至，矢出教授就是其中之一。因为是恩师赞赏的画家，作为弟子，当然要跟着一起吆喝。矢出教授在远屋退休后接替远屋的位子，成为学术派的第一人，大家也都认定他不可能说违心的话。更何况，矢出教授以前一般不会大力推荐画家，所以得到矢出教授推荐的小坂田二郎自然更加深得人心。

于是，"稳稳地蹲守在名为'才华'的森林深处，靠自己的本事无限地采摘新叶"的小坂田二郎在羡慕和惊异的目光中在画坛风光了好几年。对那些稍有迟疑的顾客，画商总会搬出远屋和矢出的大名，告诉他们这是远屋大师推荐的，现在买下，过不了多久肯定增值。

这样的说辞非常有说服力。因为在当代西洋画坛叱咤风云的松原和西冈最早也是靠远屋则武的推荐才得以为世人所知。很久以前，远屋在为某一流报社撰稿时，经常写文推荐松原与西冈，两人因此在画坛华丽登场，最终成就了绚烂的松原·西冈时代。因为有了这样的先例，远屋则武所推荐的年轻"天才"都会受到画商的青睐。

但也有人持不同看法。比如第一眼看到小坂田二郎的画时，很多人都会嘟囔："这画到底好在哪里？""远屋大师是不是有点儿老糊涂了？推出松原和西冈的时候确实独具慧眼，但现在这个小坂田二郎实在有些看不懂。"

虽然表面上听从画坛之神的说法，但背地里有很多人觉得：说实话还真不是那么回事。不过，大多数人到最后还是会丧失自信地认为是自己的鉴赏力不够火候，而且不同意见只能在背地里说说，没人有勇气公开对小坂田二郎的画说三道四，最多只是用无言或无视来表示抵抗。诋毁小坂田二郎的画等于与西洋美术评论界的权威远屋则武作对，是对大师的诽谤。但凡想要在画坛混口饭吃的人都不会犯傻地自寻死路。在日本的西洋画坛，远屋派占据绝对的主流地位，其触角延伸至相关领域的各个角落。这种说法绝非言过其实。

五

小坂田二郎的画多次作为特别展品入选日本最权威的展览会。然而，并非所有展览会的审查员都对此举双手赞成。有良心的审查员会投反对票。这时，远屋派的某位大家就会跳出来，滔滔不绝地向审查员作解释。很多一开始反对的审查员最后不得不改投赞成票，倒不是被那种慷慨陈词所打动，而是因为说话者属于远屋派，审查员不想得罪。因为职业关系，都久井常常知道这种内幕消息。现在，都久井想起了这些事。

当年在画坛势如破竹勇往直前的小坂田二郎，某天却突然从画坛销声匿迹，现在连他人在哪里都没人知道。都久井发现，小坂田二郎没落的时间与远屋离世的时间正好一致。换言之，远屋的死让小坂田二郎失去了强有力的后盾，也丧失了神通广大的能力。现在，任何一家画商的画廊里都看不到小坂田二郎的画作。他没出手的那些画也早就被扔进仓库，整日积灰。

如今大家都说是远屋则武当年看走了眼，远屋则武毕竟是人，不是神。既拥有发掘松原和西冈的辉煌过去，也犯过高估小坂田二郎那样的失误。然而，这丝毫不会影响到远屋则武的权威性。相反，原本印象中桀骜不驯的第一代"大神"，反而因此让人感受到了其人性的一面。

回到凡·戴克的伪作问题，都久井想到去找小坂田问问情况。当年小坂田被远屋推荐后，曾与在报社文化部就职的都久井走得很近。如果从矢出教授那里问不出什么答案，都久井现在能问的人就只剩下小坂田。现在的小坂田已经没有任何社会地位，所以不会像矢出教授那样需要顾忌自己的发言会招来诸如影响画坛的后果。都久井觉得小坂田作为一个失败者，很可能会言无不尽。

"小坂田二郎？"

都久井找到一位曾经非常热心收集小坂田画作的画商，画商告诉都久井："我也不知道他现在在做什么。

之前听说他住在巢鸭附近的公寓里,但最近已经完全没消息了。"

曾经非常热衷于收集小坂田画作的画商,如今已经变得很冷淡。

"那是远屋大师的失误。当然我们也有责任,一听到远屋大师的名字,就像收到神谕一样,内心膨胀不已。"

抽象画,说得不好听,就是很容易糊弄人的东西。哪怕没什么素描能力,一般人也看不出画家到底实力如何。画廊老板把都久井带到装饰于店内的一幅旧画前。

"这个人啊,"老板指着画上的蔷薇说,"要是走具象画的路,如今恐怕早就坐上艺术院会员的位子了。但他就是对抽象画着了魔,结果至今止步不前。我们再怎么敲锣打鼓地卖力吆喝,抽象画终究很难卖出去。这幅作品是他勉强画了拿来卖的,只有这种画还有可能卖出去。毕竟画家也得吃饭。这个人挺可惜的。要是他发挥自己的天分,在具象画领域好好努力,现在肯定已经是抢手的画家了。"

画商又把都久井带到另一幅画前。

"这位你应该知道,在具象画方面其实有着非常高超的技巧。但这个人也被抽象画迷了魂,很长一段时间里画了很多不知所云的东西。我实在无法理解,明明有着别人无法模仿的技巧，明明可以发挥自己的强项，在具象画领域一路走下去，但他偏偏要弄抽象画，搞出一副晦涩难懂的高深模样。评论家们倒是会夸他，但评论家有时候是连接大众与画家的纽带，有时候却是阻挡两者的壁垒。实在让人搞不懂。"

作为抽象画的失败案例，两人的话题又回到小坂田二郎的身上。这位在画作上吃过很多亏的画商说，小坂田明明是一个没什么才华的人，但自己还是被他故弄玄虚的抽象画骗了。

"远屋大师过世后，他的假面目就被揭穿了。我的仓库里现在还有十四五幅他的画，全都用绳子捆在一起。我免费送给买别的画作的客人，人家都嫌弃地说不要。我现在也不知道他人在哪里。听说他曾经有一段时间自暴自弃，酗酒成瘾，完全迷失了生活的方向……"

都久井可以想象。

"我实在不懂为什么远屋大师会被小坂田骗了。那绝对是被骗了吧？但其中也可能有我们这种人难以想象的内幕。比如说，一开始是远屋大师看走了眼才推荐小坂田，之后当他发现这是个错误的时候，小坂田已经在画坛上有了一席之地。毕竟是远屋大师一手捧起来的新人，周围的人不可能不出声帮衬一下。而且远屋大师的人脉牵连甚广，很多人为了迎合大师，甚至是为了拍他的马屁，故意说小坂田的好话。所以当木已成舟的时候，远屋大师再想反悔说不好也不行了。所以我觉得至少后来远屋大师是骑虎难下，才力推小坂田。另外，说不定远屋大师本来就想借小坂田讽刺世人。你可以想象一下，当大师看到所有人仅凭自己一家之言而对小坂田的才华深信不疑、等同'闻言起舞'之时，会不会有一种站在高处朝脚下那些凡夫俗子吐舌头嗤笑世人皆盲唯我独明之感？"

"原来如此，确实也有这种可能。"都久井佩服道。

突然，都久井的脑子里冒出一个奇妙的想法：那些凡·戴克、德拉克罗瓦和塞尚的素描莫非是小坂田二郎所画？

都久井也觉得自己这想法实在太过天马行空，但刚才画商"嗤笑世人皆盲唯我独明"的形容让都久井产生了这种联想。

这也并非没有先例。画伪作的当然会看中金钱方面的利益，但也会有另一种动机，就是要羞辱一下所谓的美术评论家们。几年前，引发轰动的古濑户陶器赝品就曾被认定为重要的美术作品，甚至刊登在《美术事典》的卷首。那个案例就不涉及金钱目的。

而且远屋则武的个性中确实也有那位画商提及的喜欢挖苦人、讽刺人的一面。所以不难想象，他可能让小坂田画了那些西洋名画的伪作，再自己推荐，让这些画卖个好价钱。如果真是那样，与其说小坂田的赝品很成功，倒不如说远屋的推荐神通广大；与其说是赝品作者在试探自己的画工有多了得，倒不如说是远屋在确认自己的权威有多厉害。但问题是，小坂田有没有那么精妙的画工？

"小坂田二郎画的那些抽象画我不是很懂。他的素描怎么样？"都久井问画商。

"我没见过。但我觉得肯定不行。"画商不假思索地脱口而出。谁都没见过小坂田二郎的素描。都久井觉得，也许这正是远屋则武推荐素描赝品的秘密所在。说不定小坂田二郎是素描高手。虽然这种想象有点儿离谱，但毕竟是一种可能。也许小坂田只给大家看过当时流行的抽象画，但私底下，素描才是他的强项。只是他羞于让人知道而已。看低写实是年轻人常有的想法，认为写实不是艺术，素描只是画工，不是画家干的活——年轻的小坂田也许当时就是这么想的，所以对外界保守了自己是素描高手的真相。而知道这个秘密的，就是他的推荐人远屋则武。

其实这番想象比"小坂田画了伪作"的推测更加离谱。西洋画之"神"为赝品奉上推荐！如果真是这样，远屋肯定知道实情，因为那些赝品的"发现者"正是远屋则武。远屋推荐时，画商们以为那些凡·戴克、德拉克罗瓦和塞尚的素描是在他们尚未成名时一点点流入市场的。

这种骗术有两道"机关"。第一，因为那是素描。但凡西洋名家油画，全都已经被记录在案。现如今已经不可能再发现未收录在记录中的画作。但如果是作者随手画的素描，则确实仍有很多尚未公开的作品。这种理由让远屋式的"新发现"不容易被怀疑。第二，那些画的原藏主都是有头有脸的人物，出售画作的理由是为了避缴财产税。在一九四八年和一九四九年，正是因为远屋的介绍，画商们才知道了这些画的存在。原藏主出手的时间与远屋声称"新发现"的时间也刚好吻合。另外，远屋对画商声称原藏主都是社会名流，而画商出于常识，一般不会去追究原藏主到底是谁。一切都是基于对远屋的信赖。画商们盲目地相信远屋的鉴赏力，所以就算"原藏主是谁"的问题非常暧昧，他们也无所谓——这种暧昧正是藏在远屋则武名声背后的盲点所在。

六

都久井越想越觉得可怕，这么一来，伪作之谜应该很快能解开谜底。

问题是画作的用纸。虽然他对素描的淡彩其实仍有疑问，但决定先解决纸张的问题。那些用纸确实是那个年代的，类似瓦特曼画纸的厚纸，比如凡·戴克那幅的用纸确实是十七世纪的画纸。就算有很多办法给纸上色，让其看起来比较旧，但对纸本身进行伪造是不可能的。小坂田二郎也不可能买到十七世纪的画纸。这是否定那些是伪作的最有力武器。十七世纪的画纸，别说是在现在的日本，就连去国外也不可能买到。

在这样的物证面前，都久井的推测变得有些畏缩，毕竟他的想象非常悬空，没有什么扎实的基础。稍有反对的资料出现，立刻就会土崩瓦解。

然而，都久井还是不愿放弃自己的推测，想继续深入地挖掘。为此，他只能暂时搁置用纸问题，决定从别的角度进一步追查。

都久井又去找梅林章伍。

这天的梅林原本也是睡眼惺忪，没什么精神，但听都久井讲着讲着，也开始来了劲儿。都久井拜托梅林彻底研究一下被远屋则武鉴定为真迹的淡彩素描的构图。如果伪造者是照着某幅画进行仿造，那就必然会有"原画"的存在。无论是人物还是风景，仿造者越想接近原画，就越会呈现出"原画"的特征。所以，肯定有与之类似的真迹或其一部分的存在。

另外，伪造者的画工终究比不上原作者。必须把原画的复制品放在一边，边看边模仿。迄今为止的伪作都是这么画出来的。昭和初期，轰动一时的某大型浮世绘赝品，其实是伪造者参考了各种原画样本，分别截取其中的一部分拼凑而成的伪作。

比如说，把两幅不同的原画中站着的女人和坐着的女人分别截取出来，再复制另一幅画的背景，把三者拼凑起来，就能成为一幅"新"画。如果觉得这样不够"保险"，还可以把原画中朝左的脸变成朝右的。在西洋画领域中，之前提到过的T就曾原样照搬过马蒂斯[①]的《戴帽子的女人》，而T画的另一幅雷诺阿[②]的《街上的少女像》则是仿造雷诺阿的真迹《捧着果实的少女》。

[①] 亨利·马蒂斯（HenriMatisse，1869—1954），法国著名画家、雕塑家、版画家、野兽派的创始人。

[②] 皮埃尔·奥古斯特·雷诺阿（Pierre-Auguste Renoir，1841—1919），法国印象派画家。

如果远屋则武推荐的凡·戴克、德拉克罗瓦和塞尚的素描确实是小坂田二郎伪造的,那当然应该采用了类似的作画手法。都久井希望梅林能找出真迹来进行比较。

"你的想象很有趣,但我觉得小坂田二郎绝对没那个本事,"梅林章伍回答说,"姑且不管他有没有,我先把远屋经手过的素描全都仔细比较一下吧。虽然是我指出那些是伪作,但之前没想过要查到这一步。既然现在你提出来了,那我就尽快动手落实。"梅林章伍兴致勃勃地答应下来。不过,他对于伪造者是小坂田二郎的说法始终持否定态度。

"你说小坂田只给人看过他的抽象画,实际上也许他很擅长写实?那不可能!确实没人看过他的素描,那是因为他从一开始就没那本事。我光看他的抽象画就知道他几斤几两,完全不可能有太大的素描本事。他的那些画,说难听点儿就是乱画。对我来说,远屋大师大力推荐那种货色的理由,至今都还是一个谜。如果只是一时看走眼,那之后的力推也未免太过热心。不过你正是因此而天马行空地想到是小坂田二郎仿造了那些名画,然后由远屋大师作担保、鉴定其是真的?虽然听上去很有趣,但完全不符合现实。"

梅林欣然答应去比较真迹与赝品，但对都久井"广衺"的想象力完全不买账。

"首先，"梅林说，"远屋则武这样的大人物为何要让别人画伪作？还主动担保说那是真的？"

"我没说一定是远屋叫小坂田画的，可能远屋一开始也以为那是真的。后来虽然发现了，但已经不能推翻自己之前的鉴定结果，所以……"

"你的意思是他后来将错就错？为什么当他发现自己错了的时候没有及时打住？继续力推小坂田对他有什么好处？"

"这个问题有点儿难回答。小坂田二郎只在远屋活着的时候才被大家认可，所以我觉得远屋对小坂田二郎的异常欣赏背后，肯定隐藏着某个复杂的秘密。"

"你的意思是，这和小坂田画伪作有关？退一万步说，假设你说的全对，假设远屋把那些所谓的名画介绍给画商后会得到高额的回扣，但远屋会缺钱吗？他会为了这种小钱做假鉴定吗？"

"……"

"一九四七年、一九四八年之后的几年间，他在生活上确实是比较清苦的。虽然要养活老婆和三个孩子，但也不至于为了家计去做那种事。远屋虽然地位显赫，但确实没有世人想的那么有钱。大学教授的工资也就那么点儿。但他同时给杂志、报纸供稿，所以收入方面应该还是比较可观的。"

"但是一九四七年和一九四八年的时候，报社应该还没有太多的闲钱付给外部供稿人。当时也没有像样的美术杂志。"

"这么说来，确实如此。"梅林赞同都久井提到的这一点，但依然不赞成都久井的推理："照你那么说，远屋并非错把伪作当真迹，而是从一开始就有计划地制造。这些画，据说都是某大户人家为避缴财产税而流到市面上的东西，而关照画商生意的正是远屋。远屋让画商把其中一幅卖给了石浜，那幅画就有远屋的鉴定保证。换言之，那些伪作是远屋自己放到某大户人家那里，然后卖给石浜。你推理的这种情况可以算得上是性质非常恶劣的智能犯罪了……"

从逻辑上来说，这种说法应该可以成立。但都久井依然不愿意相信远屋则武会积极地计划并实施这种犯罪行为。他觉得在这一点上，自己的推理与情感的判断发生了激烈的冲突。

都久井拜托梅林对比真迹与赝品后离开了梅林家。

他认为，弄清楚远屋与小坂田的关系，是解开这个问题的最大关键。

现在谁都不知道小坂田二郎这个人了。就像曾经在法国制造假画的T，事后也销声匿迹那样，小坂田二郎早已完全没了消息。因为一时间找不到小坂田的行踪，都久井决定见一下小坂田以前的朋友。

都久井去找千草画廊的老板大村。

"当时小坂田住在新宿的豪华公寓里，一个人住两个大房间，完全是当红画家的派头。"大村说。

"画室也在那里吗？"

"其中一间是画室。如果和现在的那些豪宅相比，肯定算不上什么了，但在当时，我去看的时候真的觉得超级豪华。他的画室还是请人专门装修过的，可见他当时赚得有多丰厚。"

"他没老婆吗？"

"我问过他本人，他没说有或没有，只是一个劲儿地笑。我记得他身边有个女人。小坂田的性格不拘小节，但他住的房子收拾得很干净，所以我觉得他身边肯定有老婆或同居的女人，只是没在我们面前出现过而已。"

最后，都久井问：小坂田的写实功底是不是很深厚？千草画廊的老板歪着脑袋说："你这个说法倒是蛮新鲜的。事实上，我们谁都没见过他的素描作品。但我不觉得那个小坂田有本事画出足以乱真的德拉克罗瓦或凡·戴克的素描。不对，是我觉得他绝对画不出来。不管他有没有给我们看过，如果他真有那么深厚的画工，我们这些人不会都看不出来。"

七

都久井来到小坂田二郎曾经住过的、位于原宿的那栋公寓。

那时候的房子已经被拆，如今在原址又建造了豪华的新公寓。不过当年小坂田居住的公寓和现在这栋楼一样，都属于东京市区内的一流公寓。

都久井去找公寓管理员，发现已经换了人。但现在的管理员告诉都久井，当年的管理员如今住在世田谷。都久井拿着现任管理员为他画的地图，拦下一辆出租车。

在三轩茶屋的后方，都久井终于找到了原管理员的家。他现在做的是杂货铺的小买卖。都久井说明来意后，三十多岁的老板把他父亲从里屋叫了出来。一个六十岁左右的老人拖着一条腿，一瘸一拐地走向都久井。

"我知道关于那个画画的人的很多事哦，"原管理员说话有点儿费劲，"差不多是一九四九年或一九五〇年吧，也可能是更晚的时候，我已经记不清了，总之，那时候小坂田在那栋公寓借了两个房间。我完全不懂那种画怎么会有人要买，他倒是每天都画。画商模样的人经常去找他。"

"他在生活上挥霍吗？"

"在当时绝对算挥霍的。他好像赚了很多钱，又那么年轻，肯定忍不住要寻欢。我经常看到他喝洋酒。"

"有很多朋友去他家吗？"

"这一点特别奇怪，他没有一个朋友，总是一个人喝酒。而且他有时候还会说走就走，直接住在外面。"

都久井可以想象为何小坂田二郎没有朋友。他甚至觉得这一点正好强有力地支持了自己认为小坂田是赝品画手的推理。

"他没有妻子吗？"

"没有。入住的时候，他在表格上填的是单身。"

"那他有没有女朋友？"

"去他家的女人倒是很多，大多是酒吧女模样的人。"
"那些女人会照顾他的起居吗？"

"照顾他的只有一个人。两年间一直没变，是一个长得挺漂亮的女人，并没有穿戴得很奢华。那个女人每隔两三天就会去帮他打扫屋子，做做饭。"

"那个女人会在他家过夜吗？"

"会。她每次去都会住在小坂田家，第二天早上离开。她还有那屋子的备用钥匙，所以就算小坂田不在家，她也可以进屋打扫收拾。"

"这么说来，两人并非同居关系？"

"算是半同居吧。我每次看到她，她总是笑而不语。"

"小坂田外出的时候一般会去哪里？"

"有时候是画廊，有时候是展览会。我还听他说过要去池袋，我不知道他去那里干吗。就我个人的想象而言，刚才说的那个女人也许住在池袋。"

"池袋的哪里？"

"不清楚，我知道的就这么多。"

都久井有些失望。他原本以为如果能找到那个女人，也许就能发现小坂田生活上的秘密。

"小坂田有没有给你画过画？"都久井试着问了一句，因为他觉得如果有，肯定不是抽象画，素描的可能性比较高。

"完全没有。那种奇怪的画，送给我也看不懂。"

"他只画那种看不懂的画吗？他有没有画过稍微看得出名堂的画？"

"每次都是像小孩子乱涂的那种。我从没见他好好地画过一幅像样的画。"

至少从管理员的回答来看，没法证明小坂田二郎有写实素描的作品。

"对了，有一位自称小坂田老师的人时常去找他。"老人突然想了起来。

"老师叫什么名字？"

"叫什么名字我不记得了，是个瘦高个，头发花白，相貌很有气质，就像贵族一样。"

"是不是叫远屋？"都久井着急地问。老人所形容的相貌与远屋的形象非常接近。远屋曾经被学生们叫作"殿下"，而这种称呼与他在画坛上的权威地位也很般配。

"没错，就是你说的这个姓。有时候那位老师会突然过去，但小坂田正好不在家，所以他会向我这个管理员报上姓名。之后我问小坂田那人是谁，他说是他的老师。"

远屋则武时常去小坂田二郎的公寓——这个事实让都久井心中一悦。认识远屋则武的人都说他的自尊心很强，从没主动去找过后辈或弟子，但这种性格的远屋居然三番两次往小坂田家里跑。

这其中一定有什么。两人之间一定有着不为人知的秘密。

都久井想象过远屋则武让小坂田二郎画伪作，再自己作担保鉴定说是真的，然后在背地里吐着舌头看那些买家笑话的模样。他觉得远屋让那些由自己证明是真迹的赝品在世上流通，就像是在自娱自乐地"玩"魔术。但他同时也感到，就算远屋的性格里有这一面，这件事里应该还有别的隐情，而那一定与小坂田二郎有关。

见都久井问得上心，原管理人就把他好不容易想起来的、关于小坂田友人的事告诉了都久井："好像叫黑田，应该也是个画画的。"

老人说，这个黑田比小坂田的年纪稍微大一些，但每次都对小坂田低头哈腰、奉承不已，老人感觉他每次都是去小坂田那里要钱的。但没持续太长，不知从什么时候起就再没见黑田过去了。

都久井开始寻找黑田这个画画的人，倒没费太大工夫就被他找到了。他问了圈内的几个朋友，大概可以断定老人说的是黑田忠夫。都久井的几个朋友也曾提到，那阵子黑田老往小坂田那里跑。黑田忠夫住在北多摩郡田无町，年近五十，住在一间小房子里，看样子应该是独居。都久井把名片给黑田看，向黑田说明来意。黑田穿着旧拖鞋说："家里太乱，我们出去说吧。"他把都久井带到附近的一家咖啡馆。都久井猜，他是不想让人看到家里有多寒酸。

黑田忠夫拨弄着半白的长发，露出一口黄牙对都久井说起小坂田二郎的事：

"我现在也不知道小坂田到底在干吗。之前听说他彻底从画坛消失，住在巢鸭的公寓。但我和他早就绝交了，从没想过去找他。若要用一句话来形容他，他就是借着远屋大师的力推在画坛风光过一阵子的家伙。我们这些人都非常嫉妒和羡慕他的幸运。因为远屋大师称赞他是天才，所以我们觉得那家伙的画很棒，很新颖。现在回头想想真是不可思议。"黑田说话的时候嘴里叼着烟斗，似乎那是他如今作为画家的唯一象征。

"我听说你当时和小坂田的关系很好？"

"也不能说关系很好，我就是想看看他是怎么作画的。当时小坂田住在原宿的高级公寓。我们那些人还在为温饱奔波，他却住在那么高级的公寓，而且还是两大间，在我看来就像宫殿一样。那家伙很傲慢，不愿屈尊与人亲近，但不知为何，他单单允许我进出那里。我这么说，你应该也能想象到我和他当时的地位差别了吧？我想知道远屋大师口中的天才是怎么作画的，想要窥探他作画的秘密，于是言不由衷地奉承他，为的只是能常去他那里。"

"然后呢？"

"你这么问，叫我怎么回答才好呢？说到底，还是因为远屋大师给他贴的金字招牌，让那家伙看起来俨然是个天才，但其实是我们被画坛权威蒙蔽了双眼。更何况那家伙画的是不明所以的抽象画，才会把大家都糊弄得团团转。而且他态度倨傲，那也是天才画家常有的性格，所以更让人信以为真。那些对我们的画作不闻不问的一流画商，对他却是殷勤地主动求画。当时我对他的感觉已经超过了嫉妒或反感，而是有一种投降的感觉。"

"他的架子那么大？"

"完全不把人放在眼里的那种。他觉得自己是远屋大师力推的天才，必将成为世界级大师，所以姿态特别高。但他刚开始作画的时候，其实不是那样的，对谁都很卑微，对谁都点头哈腰。谁想到没过多久，居然完全变了个人。他就是一步登天。"

"你和他交往的时候，有没有见过小坂田二郎情绪低落的时候？比如说虽然过着那样奢华的生活，却突然好像有一道阴翳袭来？"

"就我所见，完全没有。毕竟当时是他最得意的鼎盛期，一副已经统领整个日本画坛的神气，意气风发得不得了。那时候他还常常去黑市买洋酒，在家里一字排开，得意地在我面前大口喝酒，还会更得意地告诉我那一瓶酒值多少钱。那家伙就像暴发户，完全不把人放在眼里。因为他实在太嚣张，我后来就和他断交了。到最后都没能看懂他那些所谓的天才画作。"黑田笑着说。

都久井猜测，眼前的这个黑田应该从小坂田那里得到过一大笔钱。

"他身边有没有女人？"

"有一个。虽然两人没同居，但她经常会过去。那女人长得不错，挺肉感的。我去他家的时候遇到过两次。和在他家见过的其他酒吧女不同，那个女人一看就知道对他的生活知根知底，感觉就像老婆一样。我也觉得奇怪，为什么他们不干脆住一起。小坂田自己说是因为创作的时候如果身边有女人就会受到干扰。我觉得他的很多作为不像是有老婆的人，总之挺奇怪的。"

都久井想到那公寓的原管理人提到的女人，应该就是黑田现在说的这个。

"那个女人是从池袋去他家的吗？"

"你知道得可真多。"黑田忠夫看着都久井的脸说。

八

关于那个女人，黑田忠夫这么说——

小坂田曾约他在池袋西口的小酒馆吃饭。一九四九年、一九五〇年那阵子,池袋西口到处都是脏兮兮的小酒馆,黑田不知道为什么小坂田会叫他去那种地方喝酒。当晚,小坂田难得地喝起了廉价酒水,中途还跑出去打了个电话,回来后就叫黑田跟他一起过去。

黑田跟着小坂田来到靠近目白一处不显眼的住宅街,那是战火中被烧剩下的区域。在一户中产模样人家的玄关前,小坂田按下门铃,出来开门的就是他在小坂田公寓里见过的那个女人。女人看到小坂田后,脸色很不好看。小坂田和黑田进屋后,发现里面没有别人。

小坂田当时已经喝醉,女人似乎很不喜欢他不请自来,满脸不高兴,还直截了当地让他快点儿回去。但这种态度惹毛了小坂田,他朝女人吼着要酒喝,但女人只是给两人送上茶水,脸色也越来越难看。在黑田看来,这正说明他俩不是外人,有一种夫妻吵架的氛围。

"他今晚不来吗?"小坂田问女人。黑田不知道小坂田说的是谁。这时,小坂田突然借着酒劲一下子站起身,打开了一旁的房门。女人慌张地想要阻止,却已经来不及。从黑田坐的地方看过去,正好看到了打开房门时的瞬间。

黑田觉得很诧异。他看到房间里摆着一张大书桌,桌上搁置着一盏没有打开的台灯。那张桌子和普通书桌不同，是有着二十度角左右的倾斜度、正好可以用来放画板的那种。房门被打开的幅度很小，而且女人马上关上了门，所以黑田没看得很清楚。当时只有他们所在客厅里的光线照入那房间的一角。黑田所能看到的只有这么多。

女人把小坂田拉回客厅，叫他快点儿走人。小坂田无奈，只能和黑田一起离开，但其实是被女人赶出来的。黑田在路上问过小坂田那户人家是干什么的，小坂田拧着眉头，什么都没回答。黑田告诉都久井，因为有些蹊跷，所以他对这件事印象很深。

"你还记得那个家在哪里吗？"

"那里如今应该也没多大变化吧？过去找找，应该能找到。"黑田说他当下想不起来，但实地走一趟说不定能回忆起来。都久井问他能不能现在就去一趟。

"你调查那么详细，打算写什么？"黑田有些不太高兴地反问道。脸上的表情似乎在说：事到如今，报社再写小坂田的事有谁看？

最终，黑田不情愿地坐上了报社的车。在车里，都久井询问黑田小坂田的写实素描能力如何。

"完全没有，"黑田张大嘴笑道，"我当时就觉得奇怪,不会素描的人居然能当画家?他完全不会素描。所以我完全不明白远屋大师怎么会推荐他的画,只能说那是在战后混乱时期,远屋大师看走了眼。小坂田好似一朵错季乱开的花。"

黑田让车子绕着池袋西口兜了好几圈。毕竟已经过去了很多年,而且那天是在晚上,所以记忆比较模糊,但黑田仍会时不时地从嘴里冒出——"啊,这里当时有一家居酒屋""这里我有印象""好像路边有一家香烟店"……之后,他们下车又步行寻找了一个小时。

"应该就是这家!"黑田指着低石墙里的一户平房说。这家的门口挂了"西田"的牌子。

"我去帮你问一下。"

黑田进入玄关,和那户人家稍作打探。十分钟左右后,笑着出来对都久井说:"果然就是这家。当然,屋主已经换了好几拨,但现在的户主说,听说以前有个画家在这里住过。"

"画家?是小坂田?"

"如果那个家里住过画家的话,应该就是小坂田吧?估计是那家伙既在原宿有高级公寓,又在这里和女人同居。"

"但如果是这样的话,有些事就说不通了。如果他们当时在这里同居，为什么女人要赶他出去？你之前说的那些让我感觉他是去了别人的家。"

"是啊。这么说来是有些奇怪。"黑田也意识到这个疑问，歪着脑袋不得其解。

九

传言小坂田二郎从画坛消失后沦落到巢鸭附近的破公寓里，但都久井觉得没必要去那里找他。他决定以目白的这栋平房为中心展开调查。他的脑海里已经浮现出一个新的推理。

一周后，梅林章伍声调高亢地打电话到报社："嘿，全弄明白了！我就在报社附近的咖啡馆，你能马上来吗？"

都久井收拾了一下书桌，赶紧出了办公室。

梅林章伍坐在咖啡馆的一角，看起来非常有精神，身边还放了一个包袱。

"我都等不及你去我家了，赶紧来找你。"梅林兴奋地说道。"什么结果？"都久井直截了当地发问。

"你猜对了！"梅林几乎叫着回答，眼睛好似在闪闪发光。"快给我看！"

梅林把一旁的包袱打开。里面包着四五本大型画集，还有一只茶色信封。他从信封里抽出二十多张照片，摆在都久井面前。全都是素描作品的照片，其中就有都久井所知道的凡·戴克的那幅。

"没想到有那么多，一共十九幅。除了凡·戴克、德拉克罗瓦、塞尚，还有杜米埃①和雷阿诺的素描……我估计还有其他人的，但时间紧迫，暂时只找了这些。"

服务员送上咖啡，两人只喝了一小口，就把杯子推到一边。幸好现在店里客人不多。

"你听好了，我一件件地讲。两边对比仔细看哦。"首先，梅林打开了凡·戴克的法国版大型画集。

"我手头没有凡·戴克的画集，所以从国立美术馆借了一本。"梅林翻到夹着书签的那页："快看这页。"

这一页是素描作品，画着人物和马。这位生于安特卫普的画家擅长肖像画，有很多男女半身像作品，也有旅行时在当地画下的群像。这位画家还很擅长画马，线条的处理是只有高手才有的疾书笔法，画工非常扎实。

"这个人物和这里的……"梅林指着自己拍摄的石浜藏品的照片说，"是不是很像？"

---

① 奥诺雷·杜米埃（Honoré Daumier，1808—1879年），法国版画、漫画家，雕塑家。

都久井将画集和石浜藏品的照片对比着，看了又看。

确实是画集原画里的一个人物被搬到了石浜藏品的那幅素描作品中。虽然有细微的改变，却明显是照搬。但因为组合得非常巧妙，所以一般人很难发现。马的姿态也作了改变，但只是稍有移位。

稍有移位——这个原理让"其他画家的其他作品"之谜迎刃而解。德拉克罗瓦、塞尚、杜米埃、雷阿诺……所有仿造的素描都是利用了这个原理。梅林兴奋得双手发抖，一页页地翻开画集，让都久井对比原画与赝品。

"这仿造绝对巧妙！"梅林不由得感叹道。大多数赝品会选择与原画完全一样，虽然T所作的"泰西名画"很晚才被人发现，但那只是特例。大部分伪作都是照搬原画，而像这等巧妙地用原画中的一部分拼凑而成的赝品，非常不易被发现。连都久井都忍不住想夸赞这个造假者真有本事。

"可惜不是真迹，所以观看的时候总觉得力度不够，没有魄力。这也没办法。不过能把原画改制到这种程度的画家，绝对是一流写实派画家中的佼佼者。"

他们整整用了两个小时才对比完所有画作。

都久井陷入一种难以言表的心醉中。他甚至对那个以欺瞒手法打造佳作之人有一种憧憬之情；虽然完全掉入其精致的陷阱，却有一种无法形容的畅快感。

"你猜到是谁画的了？"都久井问梅林。

梅林章伍好像也醉了似的，红着脸说："这个嘛——"

都久井盯着梅林的眼睛。梅林觉得都久井的这种凝视意味着他也已经猜到了。双方无需出声，但眼神已经在说：是吗？你也想到是他了啊！

"不过想想这件事还真够可怕，"梅林没有直接回答都久井的问题，而是垂下肩膀长长地舒了一口气，"我自己反复思量了很久，比你之前所谓小坂田造假的说法更加异想天开……你可别轻易说出来哦，我怕一旦说出口，自己都会害怕。"梅林说这话时，一副活像看到妖怪的表情。

"但我还有一事没弄明白，"都久井看着梅林说，"那些纸怎么解释？那些纸确实是当年的东西。比如凡·戴克的那幅是十七世纪的用纸，德拉克罗瓦的是十九世纪的用纸，塞尚、杜米埃和雷阿诺的也全都是当年的用纸。这该怎么解释？"

梅林从怀里拿出另一张照片，是从旧杂志上翻拍下来的。

"我在国会图书馆有个朋友，他帮我从一本昭和初期的旧杂志上找到了这个。我拍下原文放大后冲印了出来。你仔细读读。"

照片上只有报道的一部分，没有题目也没有作者。都久井感觉可能是梅林故意不想让自己知道那些信息。都久井看着照片上的那些文字——

在巴黎期间，我常常走访卢浮宫等重要美术品藏馆。某一天，我去了圣叙尔比斯大教堂[①]，这里因有着德拉克罗瓦的壁画而闻名。站在《赫利多被撵出神殿》[②]这幅壁画作品前，我看到一个日本人正聚精会神地进行素描。我和那个男人偶然对视了一下，不由地脱口而出："啊，原来是你！"那正是我十年没见的朋友某氏。

我朝他的素描簿上瞄了一眼，不由地大为惊叹。线条技法极为精湛，马背上的天使与骑士、为争夺宝物而倒在马脚下的赫利多……全都被他一模一样地画在了素描簿上。台阶上从下往上看的宫殿侍女、包着头巾的侍仆、张开双手的国王……原画中的每一个细节都被他以跃动的线条捕捉下来，几

---

① Église Saint-Sulpice，位于巴黎第六区的一座天主教教堂。

② 原名为 The Expulsion Of Heliodorus。

乎与原画一模一样。

我对他说："没想到你还有这本事。"他有些害羞地合上素描簿。他说为了将来能成为美术评论家，自己必须对画家的技艺了如指掌，称自己画的那些只是业余程度的习得。他还反复拜托我一定要为他保密，说回到日本后千万别对任何人说。我很佩服他，为了成为评论家，居然下那么大的功夫，连实际的画作技巧都已经掌握到如此精湛的程度。多年后，他成了出色的美术评论家，当时我就觉得心悦诚服。不会实际作画的评论家谁都可以当，但像他那样画功了得的实在非常罕见。当然，这也需要有天分。他的美术批评在宏大的理论基础之上更有扎实精准的现实意义，这让我对他越加佩服。另一方面，我觉得他的素描技法已经完全不亚于任何一位一流画家。不将自己的素描作品发表实在有些可惜。我因为之前曾受他所托不要公开，所以在此对他的名字予以保密。我真希望那些只会高谈阔论的大多数评论家能好好学学他的用功。那种评论家们往往是自己当不成画家的人。

我们一起去了圣叙尔比斯大教堂前的餐馆，喝茶的时候我惊奇地发现，他的一只手上提着一卷很厚的纸。我问他那是什么,他很害羞地说,那是他找遍巴黎才弄到手的十七世纪到十九世纪的素描用纸,让我务必一并保密。他说他打算把这些宝贝的纸张带回日本。他当时带着有些恶作剧般的表情看着我,笑着让我千万别告诉别人。我现在把这些写出来,估计要被他怪罪了吧。但我真的很想告诉各位,这才是优秀的美术评论家的精进之道……

都久井看完这段文字,感觉好像从地上突然冒出一块大石头,这块石头的尖端把之前如坚固壁垒般不可攻破的纸张疑问击打得粉碎。

"这篇文章的作者是谁?"

"松平政嘉。"这是一位喜欢美术的旧贵族。

"这本杂志是松平等旧贵族自己组织发行的内部杂志,所以一般人没有发现这篇文章的存在。估计松平也是故意低调地选择在这本杂志上发表这篇文章,换言之,他也不太想公开。"梅林章伍说着看了看都久井,"你怎么想?"

"在此之前我有一个问题,"都久井反问道,"为什么他要画伪作?你觉得理由是什么?"

"不知道,"梅林沉重地摇了摇头,"应该不只是因为性格古怪，肯定有其他秘密的动机。我还是觉得与小坂田有关。"

"对了！"都久井点点头，"那个人有个女人，而且是自战后初期就开始有了关系……"

"是吗？"

"那个人必须赚钱养活那个女人。那是物价暴涨的年代，就算没有通货膨胀，当时大家的日子也都不好过。那个人除了要养活自己的家人，还要养活那个女人。所以，他开始画德拉克罗瓦、凡·戴克之类的赝品了。也就是那个人说，有钱人为了避财产税而把画拿出来卖给画商。"

"没错。"

"这方法实在非常巧妙。那个人当时只是告诉画商，某大家手里有好画，以此拿到高回扣。然后他自己作为中间人，把自己的画卖给画商赚一笔。回扣和卖掉赝品的钱，两笔收入一起进了他的口袋。"

"所以小坂田当时是为他跑腿？"

"不是，小坂田还要更晚些时候才出现在那个人面前，"都久井接着说，"那个女人有个叫小坂田的老公，是一个立志成为画家的青年。女人是在和那个人有了关系之后才告诉他小坂田的存在。但那个人没想过和女人分手，因为对那个人而言，那个女人是真正的爱情的对象。那个人为了处理女人和小坂田之间的关系，需要更多钱，所以那个人才会画了那么多伪作。"

"是在他自己家里画的？"

"那个女人住在目白。那个家是那个人为了让女人和小坂田分开而借了高利贷租下的，假画应该就是在那里画出来的。"

"没有人看到吗？"

"应该是到了很后期的时候，刚巧那个人不在家时，小坂田和朋友一起过去时瞄到过一眼，看到了作画的设备。"

"那么小坂田和女人分居后常去找她吗？"

"估计小坂田不想和女人分开。所以我猜测，那个人和小坂田之间达成了某种奇妙的协定。换言之，小坂田不必和女人分手，但女人实际上属于那个人。这样一来，对小坂田就非常有利。小坂田当时的朋友黑田凭着记忆曾带我去过目白的那个家。当然，屋子的主人早已换过很多人，但他们都知道那里住过一个画家。我一开始还以为那人是小坂田，但是现在，一切都理顺了。真的好震惊。我还曾一个人去那附近的旧米店打听过，有人记得当年有个看上去很有气质的中年男人每隔两天就会出入那个家。还有人见过那对男女十分亲密地走在路上。周围的人只知道男的是画画的，现在看来，传言很多时候还真是事实……"

"小坂田因此得到那个人的力推，从此在画坛风生水起？"

"虽然只是我的想象，但我觉得是小坂田发现了那个人画伪作的事。其实要知道也不难，毕竟自己的女人在那个家里和那个人在一起。如此一来，小坂田就成了'君主'般的存在，因为他在任何时候都可以曝光那个人的秘密，把他推下神坛。所以那个女人不得不时不时地被小坂田叫去自己的公寓……之后的事，应该不用说了吧？"

"我懂。"梅林点点头。之后，两人沉默了很久。

突然，梅林抬头来："但小坂田其实完全被那个人玩弄了吧。"

"是啊。估计那个人从强推小坂田的时候就已经想好了后招。

他越是把小坂田捧成天才，他死后，小坂田就会越悲惨……不知道小坂田那家伙如今在哪里过着什么样的日子。"

两人再次陷入久久的沉默。

"然而，上述只是我的推测，你说的那些也只是推理。不过我打算带着这些推理去找一个人验证一下！"都久井突然打破沉默地大叫道。

这天，都久井做完报社的工作，来找矢出教授。随便聊了些无关紧要的话题后，都久井若无其事地向远屋的这位爱徒发问："对了，教授，最近好像发现了一批凡·戴克、德拉克罗瓦、杜米埃、塞尚的素描赝品，您听说了吗？"

"啊？"矢出教授瞪大了眼，"怎……怎么可能？是哪里的藏品？"

"听说石浜库三所藏的凡·戴克素描是赝品。"

矢出教授听完，脸色大变，愤然说道："那幅画是赝品？谁说的？不可能！那些画我也作过鉴定。"

"教授，您也看过？那就难办了。"

"什么意思？"教授突然露出不安的表情。"大家都已经传开了。"

"……"

"教授，大家都在传那幅画是远屋大师在一九四七或四八年画的呢。"

"你！"矢出教授着急地站起身，差点儿撞翻椅子。

他脸色苍白如死人，一句话都说不出来。

"只是传言，教授，我是不可能把传言写成报道的。"

看到矢出教授这样的反应，都久井的目的已达到。和他预想的一样，远屋的爱徒早已发现了恩师的秘密。

都久井向矢出教授行了一礼，走出那间没有其他人在场的教授办公室。

（原载于《小说新潮》，昭和四十一年三月号）

铃兰花

一

六月中旬的某一天。

十二点过后,秋村平吉来到新宿车站,径直走到售票口,买了前往目的地的车票。在窗口等找零的时候,突然有人从背后轻轻拍了他一下。但他并没有回头,因为他知道是谁。

他把零钱塞回钱包,把车票放进上衣口袋,这才回过头来。一个穿着米色套裙、二十七八岁的女人正面带微笑地看着他。

"别这样。"秋村走过女人面前,皱着眉头的表情和他面对油画布眯起眼睛时的神情一模一样。

"我提前三十分钟就来了,一直在等你。"女人说道。虽然有些微胖,但眼睛很大,容貌也很艳丽,手里还拉着一只时髦的行李箱。画家则拿着一只土气的行李袋。

"我们离得远点儿。"秋村对想要走到他近旁的女人说。他的眼神四处打量,候车室里的大部分乘客都坐着。

"没人认识我们。"女人强调说。

"不知道在哪里可能就会遇到……总之我们说好的,到达目的地之前不要说话。车厢也分开。"

"你总是那么小心翼翼……"女人听男人说话的语气有些不愉快,只能放弃自己的主张。

男人这才露出放心的眼神,看了看女人。之前说好让她不要穿得太花哨,女人听了他的话。米色套裙对这个女人而言已经是最不起眼的装束,但画家的目光仍停留在女人上衣上一枚奇妙的胸针上。

乍一看,感觉有些黑乎乎,但仔细看去,他发现那是一枚松鼠模样的胸针。不是金属制的,而是用水貂细毛做成的,看上去非常逼真。松鼠的眼睛部分镶嵌着两颗小珍珠。

"这是昨天在银座买的。"女人看到男人的视线,低下头看着自己的胸针说。

"是吗?"

不愧是画家,一眼就会注意到那枚胸针。"现在流行这款?"

"不是,那家店也是第一次推出这种款式。蛮好看的吧?但还是觉得有点儿害羞,所以从公寓出来的时候没戴。刚刚戴上的。"

因为胸针的话题，女人和男人并排走到了一起。

"离我远点儿，"秋村冷冷地制止，"还有二十分钟就发车了。"画家说完这句话，自顾大步走向小卖店。女人寂寞地看着那个男人，不情愿地一个人走向检票口。他们买的票并不在同一节车厢。工作人员检票后，女人回头看了一眼，男人正在买两三本周刊杂志。他三十六岁，身体很结实，女人觉得他的背影很帅。

列车从新宿站发车后，秋村旁边坐了一个完全不认识的女人。他自顾专心地看刚才买的周刊。这节车厢里并没有认识他的人，所以他觉得很安心。再加上他的脸一直埋在杂志里，更加不会被留意。

他命令女人坐在后一节车厢，但不知道女人是否忠实地听从他的安排。他并没有告诉女人自己的计划，所以对方应该什么都不知道。女人之所以赞成分开坐，是因为她也不想被人看到他们一起坐火车。

这个女人属于别人。

杀人动机可以有很多。有的是为了钱，比如抢劫、贪污、诈骗，也有的是出于爱欲、恩怨或嫉妒。其他还有报仇、防卫之类的。当然，为了能出人头地，也可以成为一种动机。

现在秋村身旁坐着的陌生女人看上去四十多岁，皮肤有些黑，穿着和服。只是单纯的同座，完全是陌生人，所以从一开始就没有交流。车开过八王子站，一路上，隧道开始变得多起来，秋村把杂志合上。因为光线断断续续，会让眼睛产生疲劳。他与身边的女人渐渐有了两三句简短的交谈。两人只是闲谈，在对方看来，秋村是个安静的同路人。秋村觉得这样挺好的。他希望坐在后一节车厢的女人也可以这样和邻座的男人随便聊聊。他最担心的是女人一个人觉得寂寞，忍不住来这节车厢看他。答应这次旅行的同时，他提出的唯一条件就是在到达目的地之前，两人必须分开坐。

女人对秋村很痴迷，一直都听他的，所以这一次也乖乖地按秋村说的去做。虽然也有不满或小小的反对，但最终还是都听从了秋村的安排。

这时，火车开过甲府，又通过韭崎，女人并没有出现在男人的身边。在甲府，一半多的乘客下车，又有很多新的乘客上车。

到达小渊泽站后，秋村从行李架上取下旅行包，对在这一站上来的商人模样的男人点头致意，然后朝车门走去。

只有大约二十个乘客在这个寂寞的小车站下车。需要换乘的旅客还有四十分钟的空余时间，所以大多暂时进了候车室，其中就有身穿米色套裙的女人。

"三个小时，我一直一个人，好寂寞啊。"女人进入候车室坐到男人身边抱怨道。

秋村仍在提防四周。当然，这里依旧没有人认识他们。周围看上去都是当地人。

"已经到了这里，差不多了吧？"女人凑近他。"到达目的地前，再忍耐一下。"秋村说。

女人当然一脸不乐意："可在这里谁都不认识我们呀。"

除了认识女人的人，秋村还在警戒可能认识自己的人。即使如此，他并没有太强硬地拒绝女人。一半是因为他觉得女人怪可怜的，另一半则是担心如果吵架，就会过于惹眼。

"几点发车？"

"五点十分。"秋村轻声说道。

"那么到温泉的时候已经天黑了。"女人说这话的时候，好像已经在憧憬着什么画面。

离列车发车还有二十分钟。秋村去了趟洗手间，七分钟后才回到女人身边。换言之，这段时间里，他不知道女人做了什么。

从刚才起，小卖店里的姑娘就远远地看着女人。姑娘看上去十八九岁，感觉是这附近的本地人。她穿着白衬衫和浅葱色制服。等男人一走开，姑娘就走出小卖店，来到女人身旁。

她有些怯生生地问了女人一个问题。女人笑着回答了。

"谢谢你。我明天休息，打算去东京。"低着头的姑娘说完这句话，回到了店里。秋村回来的时候，姑娘正在店里向一对母子售卖口香糖之类的货品。

在列车员的引导下，乘客们坐上了支线列车。这趟车的终点站是信州小诸。

"仍要分开坐吗？"走在站台上的女人问秋村，她的语气当然是希望不要再分开坐了。

"最好还是分开坐。"

"不要嘛，"女人摇摇头，"都已经到了这里，没必要了呀。"列车长开始通报乘客这趟车到达终点站小诸的时间，顺便介绍信越线沿线的行车时间。

"能来旅行真好，好开心啊。"女人向面露难色的男人撒娇道。

他俩的目的地是长野县上田附近的户仓温泉。其实从上野直接坐信越线能更快到达，但秋村借口说如果那样走，可能会遇到认识的人，所以他们特地避开那条最近的路线，选择了借道中央线这种麻烦的换乘方式。秋村还对女人说，选择这样的换乘方式，如果一时兴起，还可以中途下车信步游玩。

二

画家秋村平吉傍晚时分到达群马县的伊香保温泉，一只手提着破旧的皮包，只身一人。这并非他携女人出游的那一天。

他今晚要投宿的酒店位于离旅馆一条街有些距离的山脚下。旅馆一条街是从山脚一层一层向上有很多石阶的地方，而他投宿的这家酒店处于被山林和溪谷环抱的位置。因为是建于大正年代的建筑，所以特别古色古香，一看就是画家会喜欢的酒店。

事实上，秋村是这里的回头客，他对前台的工作人员说："我有预约。"

"是的。秋村先生，好久没见您了。"

"是啊，上一次还是去年秋天吧。"

"是更早的时候哦，应该是夏天刚过的时候。正好是送走大批避暑客人之后，所以我记得很清楚。"

"是吗？这次我要住半个月。"

"谢谢您的光顾。最近这里很安静，适合作画。"

"我打算在这里附近转转，画画素描。"

"您今天是直接从东京过来的吗？"

"不是，我是从轻井泽①过来的。"

"是嘛。"

画家秋村被带到三楼最里面的那间客房。下面是溪谷，旁边的小路上，每天都能见到散步的行人。

秋村平吉每天都会带着大开本素描簿出门。他是最近刚蹿红的新人画家，大家都觉得他是希望之星，已经有一流画商开始关注他。当然，在此之前，秋村也吃了不少苦。二十二岁的时候，他去了巴黎，学习绘画三年，回到日本却完全没出成绩。他省吃俭用地租下画廊，举办个展，也完全没引起任何人的注意。好不容易加入某个团体，成为展览会上的常客之后，评论家们却依然不买他的账，根本没人评论他。

两年前，他终于熬出了头，其独特的画风受到画坛一部分人的关注，画商也开始买他的画。不知背后还有多少故事，总之，一流画商开始竞相购买他的画，美术评论家也开始关注他的作品。其中有一部分评论家甚至认为他或将成为改变未来日本画坛的人物。

进入上升期之后，他的自信也反映在了仪态上——

---

① 群马县与长野县交界处的高原地区，度假胜地。

宽阔的肩膀，踩在山路上的步伐充满活力。

他早上十点起床，午后外出画素描。有时还会登上榛名山①，前往水上温泉附近；或是去四万、草津②一带转一圈。秋村说他此行的目的是画山林。

"因为过一阵子就要开始创作第一百号作品。"晚上，秋村一边喝酒一边把自己的写生作品给服务员看。他的素描簿上有精心勾勒的写生，也有速写风格的写生。

"您打算画哪里？"服务员问。

"还没定。没有一个地方完全符合理想中的画面，所以只能在脑海里把各个地方的美合并在一起。"

走在榛名山的山路上时，他遇到过狐狸。虽然狐狸见到人，马上躲进草丛，但那一瞬间，狐狸的身影还是让画家想起了那只别在米色上衣上的水貂毛材质的松鼠胸针。不过，只在那一眨眼的工夫想起胸针。之后，他便迈开自信的步伐，夹着素描簿，信步在山间小路上继续行走。

画家住在酒店期间，没有与任何人联系。既没有访客来找他，他也没有打电话去别的地方。为了马上要开

---

① 位于群马县的上毛三山之一，是知名火山之一，温泉旅馆遍布其间。

② 四万和草津均为群马县知名温泉。

工的大作，他没工夫想别的。他每天都是中午外出，晚上回来，洗澡，喝酒，看看书，然后一个人睡觉。

在酒店住到第九天时，秋村对工作人员说他要先结一下账。"我还以为您会多待几天。"

"有点儿事必须回一趟东京，打算三天后再回来。这几天的住宿费先结算一下。"

"如果还回来的话，就先欠着吧，可以最后一并结。"

"不用，我要把行李都带走，所以还是先结一下吧。"秋村提了提行李给服务员看。服务员给他结了账，觉得他是很为酒店着想的优质客户。

"三天后，如果可能的话，我还是想入住同一个房间。"画家去乘车前这样拜托服务员。虽然夏季客人众多，但酒店方面答应可以为他保留。

中午过后，秋村回到东京，先回了自己的公寓，放下行李，然后外出。他带着那本素描簿来到市中心，进了一家名叫"草美堂"的画廊。

店里挂满了镶在金边画框里的画作，尺寸有大有小，都是知名画家的作品。秋村瞥了一眼，露出不屑的表情。他觉得挂在这里的都是那些吃老本的画家所画的商业作品，没有任何新意可言。换言之，是用来糊弄外行人的装饰画。

见画廊经理从里屋走了出来，秋村立刻收起不逊的眼神，瞬间变成非常谦卑的模样。

"你去哪儿了呀？"从学徒时代就一直在这家画廊做事的经理问。

"为了第一百号作品，我一直在伊香保①采风。每天都在画那里的山林。"秋村说着，打开素描簿给经理看。

经理一张张翻看后点点头，但今天，他似乎没有平日里那么有精神。秋村有点担心对方不满意自己的画。

"今天老板不在？"秋村合上素描簿问。

画廊的老板藤野猛夫今年六十一岁，年轻时在其他画商那里做学徒，战后在东京市内成为一流画商。现在但凡高级别的画家都会和藤野猛夫打交道。新人画家被他入手画作，就等于有了未来。藤野在画坛拥有很强的人脉和势力，不管一开始谁谁谁怎么说，只要藤野发声，评论家们立刻一呼百应。

因此，新人画家们个个都想投靠藤野，因为没有比他更可靠的画商了。对新人画家而言，藤野就像太阳。

秋村自从被藤野关注后，就不断地接受这位伟大画商的激励与呵斥。因为藤野不仅对画作具有敏锐的洞察

---

① 伊香保，位于群马县的温泉古镇。

力，还对画家自身的才能拥有 X 光般的透视眼，能不断激发画家的潜能。那些徒有虚名的评论家们完全没有藤野那样的本事。但他对自认不好的地方也会毫不留情地犀利指出。对画家们而言，他是一个可怕的人。在大家眼里，他是个投资家，凡事拼命也属常理。"老板今天休息。"画廊经理对秋村说。

对秋村而言，见不到自己唯一的后台，心里不免有点失落。无论是被赞还是被贬，听不到藤野的评论，就觉得少了些什么。

"是身体不舒服吗？"他有些担心地问。"不是。出了件让他非常担心的事。"

"这样啊……"

画廊经理只说有事担心，秋村也不方便追问下去，因为他感觉那是老板的私事。

"老板什么时候回画廊？"

"不知道。"画廊经理面露难色。秋村从刚才就觉得经理今天没什么精神，估计这也和老板担心的事有关。

"我打算后天回伊香保，在那之前有没有可能见到老板？"秋村说出自己的意愿。

"我也不知道那时候他会不会在。"画廊经理有气无力地说。

离开画廊后，秋村来到餐馆吃饭。之后又去见了几个朋友，看了几场画展。夜里去酒吧，回来后约了几个朋友一起在家里打麻将。

第二天也是类似的行为模式。听说某美术馆正在更换展品，他去参观了一下。然后在咖啡馆发呆，喝咖啡，还去电影院打着呵欠看了场电影。晚上去酒吧找姑娘们说笑。

第三天早上，三个朋友去他家和他一起打麻将。其间，他打过两次电话去草美堂，但老板依旧不在。午饭过后，他收起麻将，和朋友一起离开公寓，然后直接去了上野站。

这天傍晚，他回到伊香保的酒店，再次开始山中的素描生活。秋村七月中旬从酒店离开。除了中间回东京的三天，前后约一个月，都在酒店里度过。

三

六月末，警视厅从草美堂画廊经理那里收到了沙原矢须子失踪报警与搜查的请求。

但其实那是草美堂老板提出的。沙原矢须子是藤野的情妇，独自住在某高级公寓里，白天在朋友的服装店帮忙。当然，她帮忙不是为了赚钱，只是随便找点儿事做，打发时间。她和藤野在一起已经有两年。因为藤野的资助，她在开销上没有任何不自由，甚至可以说过得很奢侈。毕竟是六十一岁老头和二十八岁少女，所以外人看起来很不般配，但他们俩似乎相处得很好。

六月十八日，沙原矢须子转动钥匙从屋外锁门后，外出了。附近的邻居说曾看到她单手推着豪华行李箱在楼下过马路的模样。之后，沙原矢须子就像消失在空气中，不知所踪。

在此之前，她还曾与公寓的住户有过简短的对话。别人问她要去哪里，她回答说："去趟北海道，三四天就回来。听说六月的北海道特别美。"

问话的人听完，特别羡慕，还拜托她回来的时候，带一束当地特产的铃兰花当礼物。

沙原矢须子甜美地笑着，欣然说好。

在她离开公寓之前，其实还有其他人知道她要去北海道。第一个就是藤野猛夫。当时沙原矢须子说要去见一下她在旭川的一个女性朋友。藤野非常相信她，所以同意了。藤野觉得沙原平时也挺无聊的，让她去就当作给她两三天"解放"的时间。

藤野与沙原矢须子这两年感情一直很好，迄今为止，从未有迹象表明她有别的男人。藤野觉得她是个率真的女人。

她平日里去帮忙的那家服装店的老板娘说，沙原告诉过她要去北海道三四天。毕竟季节刚刚好。老板娘也曾拜托她带一束铃兰花回来当礼物。

"你去北海道哪里？"

"旭川。我有个要好的姐妹在那里，已经五六年没见。之前写了封信给她，她让我一定过去叙叙旧。我正好也没去过那里，所以决定说走就走。"

"这季节去旭川刚刚好。听说那里有铃兰花的群生地带，你会去看看吧？"

"是吗？还有那种地方？"沙原矢须子似乎不知道有那回事。过了原定的日期，沙原矢须子却没有回到公寓，也没有与藤野联系。之后又过了两三天，藤野起初并没有太担心，但又过了五天，藤野开始着急，毕竟之前从来没发生过类似的事。

藤野给沙原矢须子出发前留给他的旭川朋友的地址寄了封信，心想着在她朋友回信的时候，说不定沙原就会回来出现在自己面前。但事实并非如此。旭川的朋友回了信，但信上说沙原根本没去。

藤野突然开始起疑。在意识到沙原失踪之前，他首先因为嫉妒而心里乱作一团麻。他觉得是被自己深信不疑的女人背叛了。他推测沙原所说的北海道之行是和别的男人一起去的。

然而,藤野暗地里调查了沙原矢须子的日常生活,却发现她并没有别的男人的迹象。如果存在这样的男人,她应该会经常去见那个男人。藤野回想起双手钩着自己脖子的沙原矢须子的模样,无论如何都不相信她是那种坏女人。

因为沙原矢须子说她是一个人坐火车去,所以藤野没法对此进行确认。

又过了一周,藤野觉得就算是和相好的男人出去玩,也该回来了。他越来越担心,因为哪怕是和别的男人秘密旅行,事先已经说好了日期,她至少应该准时回来,不可能晚回。

藤野觉得很苦恼,担心她发生了不测。他是真的很爱这个年轻的情人。一想到她是不是和别的男人出去旅行,那些日子里,藤野夜夜愁得睡不好觉。而现在,他更是天天失眠。

藤野苦于没办法公开求助。一旦提交搜查申请,他们的情人关系就会暴露。

但他又不能一直坐视不管,就以画廊经理的名义向警方提交了搜查申请。警视厅了解实情后，找到藤野。藤野对警方说，年轻姑娘独自出门却断了联系，这让他想到最坏的结果。

警方问藤野是否知道她带了什么东西出门。衣着方面，邻居向警方描述了当日在公寓大堂见到她时的印象。藤野有她公寓的备用钥匙，他告诉警方，房间里的宝石等贵重物品都在。

估计她随身携带了十万日元现金。当然，房间里不会有她的遗书。但少了一台相机，是最近流行的小型相机。

因为藤野说她可能已经出事，所以掌握了相机情况的警方开始据此寻找线索。东京警方请求北海道警方协助调查，看看有没有长得像沙原矢须子的女人最近在北海道的照相店买过胶卷或要求冲印过照片。虽然她自己说是去旭川，但包括函馆、札幌、旭川在内的照相店也都被列入调查的范围。

照相机最后出现在札幌市内。不只是需要冲印的胶卷，而是整台照相机连同胶卷一并被警方发现。就在札幌市中心的一家大型照相店里，一名店员回忆说："有个年轻女人说要印照片。但因为刚好有事，要两三天后再过来取，所以她拜托我们替她保管相机。不过之后就再也没见她来。"

要求冲印照片的单子上填的是札幌市内的地址，名字是山田，店员说他是按照那个女人说的写下来的。警方拿着沙原的照片问店员，她是不是当时把相机和胶卷送来的女人。店员回答说当时店里人很多，已经记不清了，但感觉服装是一样的，年龄和发型也对得上号。

之后，店员把相机里的胶卷冲印出来。北海道警方又把相机连同照片用航空信寄给东京警方。

"没错，就是这台相机。"看到相机的藤野大叫。这是他买给沙原的相机，而且沙原有一次换胶卷时不小心把相机掉在地上，机身上有一道被摔的印记。藤原指着那个印记说，绝对不会认错。

"是矢须子，就是她！"可怜的藤野看着冲印出的照片难过地叫道。

照片上，在一片铃兰花间，一个女人正蹲坐着微笑。还有其他从各种不同角度拍摄的照片，几乎都是人物，也有单拍铃兰花的，但构图都差不多。背景里可以看到草原尽头处黑漆漆森林的一部分，画面中，北海道的铃兰花正在盛开。

照片里，矢须子的着装也和邻居描述的一样，胸口似乎戴着一只黑乎乎的胸针，但藤野说他没见过，估计是她在旅行前刚买的。总之，照片里的沙原矢须子蹲坐在群生的铃兰花中，就像是在履行出门前的约定。

警方由此作出判断——

沙原矢须子如她所说的那样去了北海道。虽然她说自己是一个人去，但从照片来看，一定有为她拍照的人。藤野证明她没有携带用来自拍的三脚架。当然，也可能是她请路人帮忙拍的。但警方仍认为有一个秘密的同行者。如果这是杀人事件，那同行者就是最可疑的嫌犯。而且从她在照片上满面微笑、像是在向谁撒娇的表情来看，这个人一定和她很熟。

说到北海道铃兰花的群生地带，属位于札幌与千岁[①]之间的岛松和惠庭地区最为有名。再者就是位于十胜平野美瑛町[②]的铃兰花高原。另外，还有知名的日高宿志别。但遗憾的是，在照片的背景中只能看到森林的一小部分，所以无法判定到底是岛松、美瑛、宿志别中的哪一处。警方对照片进行反复论证，结合铃兰花的群生状态和背景中的一部分森林的模样，认为十胜的铃兰花高原可能性最大，而且那里离她自己说过要去的旭川也最近。

---

① 北海道千岁市，旅游名城。

② 十胜平野为日本北海道东部的广袤平原。美瑛町为著名观光地，以丘陵风光和花田美景闻名。

四

警方确认过照相店的存单，发现要求寄存相机和申请冲印的日期是六月二十八日。所以警方认为十八日从东京出发的沙原矢须子可能一直在北海道到处转，然后于二十八日到达札幌。当然，她也可能在更早的时候先到达札幌，然后从札幌一路向北，接着在十胜平野的铃兰花高原拍下照片，然后回到札幌。从她离开东京公寓的十八日算起，去照相店冲印照片正好是第十一天。

警方判断，截止到她送照片去冲印的二十八号为止，她肯定应该找地方住宿过。但北海道警方调查了辖区内的各大酒店后，没有发现任何线索。

她在二十八号之前住在哪里？如果不是旅馆，就应该是普通人家。警方也曾怀疑过她在旭川的朋友，但很快就证明她的朋友没有嫌疑。

装在相机内胶卷里的，从一开始就是铃兰花的照片。如果她到达北海道后到处转，那么相机里应该会留下那些地方的照片，所以警方认为也许还有别的胶卷。换言之，铃兰花的拍摄地，要么是她使用第某卷胶卷的地方，要么是她最初留影的地方。为此，北海道警方调查了整个北海道几乎所有的照相店，但都没找到"可能是她"的照片。而且沙原矢须子带出门的其他衣物和旅行箱也都消失不见。警方推测，这些东西已经和她本人的尸体一起被凶手埋在了北海道的某个地方。

关于着装，警方再次向藤野求证。出发当天，邻居证实沙原穿了一套米色套裙。那是藤野一年前买给她的，当时她还嫌弃太素，说不喜欢。一般来说，如果是和自己喜欢的男人一起出游，女人肯定会选择自认为最漂亮的衣服，但她为何要选那套不喜欢的衣服？

"我记得当时她没戴什么胸针。"看着照片里她胸口那枚黑点般的胸针，公寓的目击者说。警方判断，她是离开公寓后才戴上那枚胸针的。

警方又去向札幌市照相店的店员求证。店员挠挠头说："当时正好非常忙，只瞥了她一眼，没什么印象。"

六月二十八日，她把相机交给照相店。换言之，在那之前她还活着。但问题是，如果她是之后遇害的，那么尸体在哪里？警方认为，给出胶卷和相机后，她也可能从札幌离开。但警方去火车站、汽车站、出租车公司等调查情况，都说没见过沙原矢须子模样的女人。关于六月二十八日之前，也就是她把相机交给照相店之前的行踪，也没有线索。因为当时正好是旅游旺季，很多内陆游客都慕名北海道的美丽春天而去，所以警方猜测她很可能曾出现在那些喧哗的游客之中。

因为在北海道的调查没有进展,警方又把视线转向之前怀疑过的"沙原矢须子有秘密情人"这种可能性上。经过警方缜密的调查,终于发现了她与画家秋村平吉曾一起走在街上的事实。但那是发生在她失踪前很久的事。

"你们是不是找错人了?"新人画家秋村吉平对前来找他的两名警察说,"我是第一次听说这个名字,当然不知道她长什么样。"

目击者称并没有看到两人交谈,所以证词有些单薄。

更重要的是,因为没有出现尸体,所以到目前为止还不能作为杀人事件来处理。没有任何迹象表明她已经被杀害。如果找不到一滴来自她身体的血,就不能认为她处于危险状态。没有尸体,当然就不存在杀人事件。沙原矢须子可能是自行消失,正悄悄地活在世界的某个角落;也可能被诱拐,遭遇不测;或是已经从北海道的某个断崖纵身跳海……一切都是未知。

警方向秋村平吉了解其行踪。

警方问秋村:"沙原矢须子从公寓消失的那天,即六月十八日当天,你在哪里?做什么?"

秋村冷静地回答:"已经过去那么久,我记得不是太清楚。十九日下午四点，我入住了伊香保温泉的××酒店。十八日？那就是前一天？对了，那天我为了买素描簿，十一点左右去了银座的B文具店，买了两本大的，为出发做准备。之后没什么特别的，就是看电影、参观画展打发时间……不过那天确实没遇到谁。那天晚上回公寓后就直接睡觉了。我晚上回来的时候已经很晚，所以也没见过谁或是和谁说过话。之后第二天，就像我刚才说的那样去了伊香保。在那之前还去了轻井泽……离开公寓的时间？我是六点半起床后出门的。当时邻居们好像也都没起来，所以没见到谁。到轻井泽是十点半，因为没吃早饭，所以马上去M酒店吃了顿晚早饭。在酒店遇到过熟人，你们可以去确认一下。下午，我去了同为画家的S家的别墅，一起打了高尔夫，两点钟左右结束。之后坐出租车去了伊香保的酒店。"

他对入住伊香保酒店后的行踪也讲述得清清楚楚。警方前往伊香保调查取证后，发现事实与秋村的供述并无两样。他在入住期间，几乎每晚都待在酒店里，只有六月二十七、二十八、二十九三天，曾一度离开酒店返回东京。

"毕竟那是开在深山里的酒店，虽然对我的创作很有利，但住在那里还是太寂寞了，所以我回东京透透气。"

秋村对他在东京三天的行踪也交代得很清楚。他去过草美堂，看过画展，在美术馆闲逛过，去酒吧、打麻将等也都有人可以证明是事实。

然而，警方还是注意到他二十八日回到东京这一点上。这天，正是疑似沙原矢须子的女人将相机和胶卷交给照相店的日子。

不过，这也许只是偶然。因为疑似矢须子的女子出现在札幌时，秋村平吉正在参观东京的美术馆，当晚还去了酒吧，第二天早上还叫了朋友一起打麻将。之后他赶到上野，傍晚时分再次出现在伊香保的酒店中。

换言之，秋村平吉没有时间从东京往返北海道。就算坐飞机，光飞行时间就要一个半小时。到达北海道的千岁机场后，一天之内根本不可能往返于千岁和旭川或十胜平野之间。就算照片上铃兰花的拍摄地是距离千岁较近的岛松和惠庭地区，他也没有足够的时间往返于东京与北海道。

结果，沙原矢须子的去向依旧不得而知。警方仍然怀疑她已经被杀害，但除非偶然在哪里挖出了她的尸体或随身物品，否则表面上只能作"失踪"处理。

再也没有警察去找秋村平吉。他从八月起借了朋友的大工作室，着手创作第一百号大作。他半裸着上身，汗流浃背地调着油彩，双脚分立，站在油画布前。

这年初秋开始，市面上开始流行一款松鼠胸针。一开始用的是水貂毛，再加上两颗天然珍珠作为眼睛，但因为价格太贵，大众接受度不高。后来改用马海毛和养殖珍珠。第一个推出这款胸针的店铺因此利润飙高，之后不断出现模仿的产品，同款胸针在全国各大百货店都卖到脱销。

为何会产生这种现象？这也许可以称得上是一种现代奇迹。而介绍这个奇迹的来龙去脉的则是周刊杂志。某周刊杂志上有这样一篇报道：

  这股风潮最初当然是从东京开始流行起来的。但更早要追溯到山梨县北巨摩郡大泉村竹原的一位姑娘，当时还没有出现流行这款胸针的征兆，但她特地跑到东京某店去买这款以水貂毛和珍珠制成的松鼠胸针。据说店家起初出售这款胸针的时候，还不确定是否会卖得好，所以当有人特地上门求购时，店家觉得非常吃惊。店家问那位姑娘为何而来时，姑娘说她前一天在自己工作的中央线小渊泽站看到一名佩戴这款胸针的女性乘客，当时就非常喜欢,迫切地想要。正好第二天有事来东京,就询问了那名女乘客购买胸针的店名,然后慕名而来。因为价格很贵,所以那位姑娘一开始有些犹豫,但后来还是买下。店家因此信心大增,并考虑到成本和价格因素,将水貂毛换成马海毛,将天然珍珠换成养殖珍珠。结果大受欢迎,成为最新的爆款流行饰品。

负责沙原矢须子案的一名办案警察碰巧看到这篇报道,不由得跳了起来。

他第二天就从东京来到中央线小渊泽车站,找到那个坐在小卖店里的姑娘,直接向她求证周刊上的报道内容。然而,难点依然是铃兰花。警方一直深信照片的拍摄地只可能在北海道,绝对不可能在内陆。

"这里附近有铃兰花吗?"警察无心地问了姑娘一句。

"有啊,"姑娘不假思索地回答说,"从这里乘坐小海线,第三站是一个名叫清里的车站。从那里向北走,有一片高原,名叫美森。在那里,每年六月中旬到七月初都有盛开的铃兰花。"

三天后,警方在姑娘所说的高原某处挖出了沙原矢须子已经腐烂的尸体——在高原上搜寻了一小会儿的警犬突然停下脚步，狂吠不止，用鼻子顶着那块地面嗅个不停——警方从沙原尸体的衣服上看到了那枚以水貂毛和珍珠制成的胸针，已经被损毁得惨不忍睹。

秋村平吉有另一个情人。秋村把在美森高原盛开的铃兰花丛间拍下沙原矢须子照片的胶卷和相机交给了那个女人。二十七日，那个女人接过从伊香保出发回到东京的秋村交给她的装有胶卷的相机。她拿着秋村给她的路费，于二十八日一早从东京羽田机场出发，飞到札幌后，把相机交给照相店。然后当天飞回东京。

之后，秋村供述，六月十八日晚，他杀死了沙原矢须子，把尸体埋在土里，并没有马上离开，而是在盛开的铃兰花丛里躺了一夜，直到天亮。然后在第二天的十九日早上，乘坐小海线回到小诸站，之后出现在轻井泽的酒店里。

"沙原矢须子是对我来说最重要的支持者——草美堂老板藤野的情人。如果被藤野知道我们的关系，我肯定会前途尽毁。之前我和她悄悄交往，尽量不被藤野发现。但我自己也不知道那样的状态能持续多久。万一被藤野知晓了，我肯定会没命。"

听到这里，一名警察忍不住嘟囔道："在铃兰花盛开的野外和女尸共度一宿，这还真是风流男人才做得出来的事。"这名警察本来还想再说些什么,但终究忍住没说,只在心里想着:"春野来摘紫罗兰,不料野美勾人魂,恍惚一夜到天明。"这是《万叶集》里的和歌,警察本想模仿这句说成:"春野来摘铃兰花……"但觉得有点儿拗口,到底没说出口。

然而,单说凶手在尸体边上躺了一夜这事儿,还真是够风流的。

(原载于《小说新潮》,昭和四十年十一月号,

《六月的北海道》改题之作)

女　囚

一

法务官马场英吉前往某县某监狱上任。这所监狱只关押女囚。类似的女子监狱全国共有四所。马场在此次赴任之前，已经做过另一所女子监狱的狱长，所以这次的调任对他来说完全不会造成心理负担，至少没有当初从一名普通的监狱总务部长晋升为狱长时的那种不安。对于这一次的调任，他踌躇满志，打算充分运用之前三年累积的工作经验，在新任地取得更好的工作成绩。

马场英吉是基督徒，每周日都尽可能地去教堂。他的上一个工作地点是在乡下，距离有教堂的城市很远，但他依然坚持乘坐很不方便的公交车，一家人一起去教堂。不过马场英吉在对女囚讲话时绝对不会引用《圣经》。他知道那只会起反作用，招来反感。他学过心理学，觉得与其生搬硬套地引经据典，不如用自己的头脑去咀嚼、理解原话，然后在充分思考的基础上，有技巧地组织成自己的语言，这样才更有信服力。

马场英吉来到新监狱的狱长室的第一天，总务部长就给他看了囚犯分类表，按照犯罪人数从多到少排序，依次为盗窃、赌博、欺诈、杀人、放火、伤害和伪造文书。这与马场之前工作过的监狱里的情况大致相同，所以在工作方针上，他觉得应该不会有什么困扰。如果是在二战前，还会有通奸罪，但现在已经没有了；堕胎罪也已经变成旧名词。

马场分别听取了总务部长、管理部长、教育部长、医务主任等负责人的报告，大体上了解这所监狱的情况，同时觉得自己之前的工作方针在这里应该也行得通。因为监狱里只有女囚，所以他又询问了诸如因为生理期的精神状况而影响到劳动或其他事务以及同性恋的情况等几个比较敏感的问题。那些负责人的回答和他之前知道的差不多，所以他不觉得会有什么问题。

这天下午，马场英吉让总共三百五十名女囚来到名为"教诫堂"的礼堂里，听他这位新上任的狱长讲话。从讲台上看下去，这里的囚犯都穿着竖条纹囚服和劳动长裤。随着囚犯从年轻到年老，囚服上的竖条纹也由疏变密。马场之前工作的那所监狱的囚服并非条纹，而是碎白点花纹。

这天的听众都很老实。三百五十个人的眼睛都看着马场，一半是出于对新狱长的好奇，另一半则是出于对男人的兴趣。马场已经习惯了这种眼神。但今天没有一个人喝倒彩。马场在就任前一所监狱的狱长发表讲话时，很多女囚喝倒彩，还有已经被关了十年多的老年女囚冲到讲台上指着他的鼻子破口大骂。当时因为女囚们的嘲笑和起哄，他的讲话被打断，变得支离破碎，而且那种混乱持续了挺长时间。

但今天，初次见面的这些女囚没有那样对待马场，所有人都很老实。

大家都在静静地听新狱长讲话，但她们的态度都在脸上表现得非常露骨——有轻蔑，有反感，有无视，也有嘲笑和好奇。站在台上的马场看得一清二楚。有人在发呆，有人在打哈欠，有人在偷笑，有人在打瞌睡，有人在窃窃私语，还有人在不停地东张西望……当然还有想讨好新狱长、朝他抛媚眼的人。有的女囚已经满头白发，有的则是黑色鬈发，还有打扮过的——如今的监狱允许年轻女囚涂口红。

马场一边讲话，一边巡视着听众们的表情。这时，他突然看到有一个人正聚精会神地听自己讲话。那名女囚看起来二十六七岁，长得很标致。马场当时正在讲"罪的意识与救赎"这个话题，那个女人听得很投入，似乎连眼皮都没眨过。一开始，马场还以为她觉得自己说得很有道理，但仔细一看，马场发现她其实对自己的讲话完全不认同。马场觉得，那么投入地听自己讲话的人好歹应该在脸上给出点儿反应，但那个女囚不仅没有任何反应，甚至有一种对他的话表示批判的神情。

马场看着那个女囚，觉得她应该是未婚时入狱，而且已经入狱很多年。只要和女囚接触过三年，自然就会有这种直觉。马场觉得那个女人的脸上仍带着某种稚气，看起来很素净。

马场讲话的时候不可能只盯着一名女囚看。发言完毕，他走下讲台，坐在一边的椅子上。管理部长登台发言时，马场悄悄地问一旁的教育部长。

"从前往后数第五排中间靠右、一动不动的那个女囚属于那个班组？"

"哦，那个啊，"教育部长的眼珠朝马场指的方向瞥了一眼，回答说，"装订班组。"① 马场听完，默默地点点头。

第二天，管理部长带着马场巡视各个劳动班组。模范犯人作为班长在工厂门口代表大家迎接领导。马场来

---

① 囚犯们被关进监狱后会被分配到不同的劳动班组中。

到装订班组时，出来迎接的就是那名昨天非常热心地听他讲话、却没有作出任何肯定性反应的女囚。

马场在心中叫着："哟，是你啊。"

女囚向新狱长鞠躬致意时，马场感觉到与其他班长相比，这名女囚看自己的眼神有些与众不同。换言之，女囚知道新狱长对她有些在意。

女囚向新狱长汇报自己班组的总人数、事故人数、就寝人数等各项情况，最后像军队中的士兵一样，大声报告："报告狱长，没有异常！"

她和管理部长一起走在前面，为新狱长带路，参观工厂。马场仔细查看了装订班组的各项设备。他之前所在的监狱没有这样的工厂。参观过程中，他经常驻足于一个地方，一半是因为感到比较新奇，另一半则是为了好好记住对他来说全新的事物。

剪裁车间里有一台大型的剪裁机。按下一个按钮，就会有一把锃亮的刀从上方降下。因为可以用来剪裁大型纸张，所以机器看起来体积很大。马场心里有些发毛，因为他想到万一刀下放着的是人头，那么这台机器就会成为像断头台一般的凶器。如果有女囚互相憎恨，完全有可能把对方的人头压到这台机器的刀下；或是当刀落下切断纸张的时候，完全有可能会不小心切掉操作人员的两三根手指。

负责带路的班长女囚就是操作这台剪裁机的人。女看守对马场说:"这里归这位班长管。"话音刚落,班长就按下机器的按钮,几百张纸瞬间被利刃斩断,喷出许多纸屑。

马场忍不住一次又一次地偷瞄那名女囚。她的侧脸线条和马场在讲台上看到的一样,带着些许稚气。女囚们昨天听他讲话的时候都是坐着,所以马场只看到她的肩部。而现在,马场看到她窈窕纤细的身形,判断那应该是个还不知道男人滋味的身体。她穿竖条纹囚服倒是很合适。其他女囚都化了淡妆,只有她是素颜,头发也只是随意地扎了起来。

马场离开工厂后,那名女囚一直跟在后面,好像在送狱长。突然,她停下脚步,小声叫道:"狱长。"

马场不经意地回头问:"什么事?"这是他第一次近距离地正面看到女囚的脸——清澈的黑色眼珠,嘴角淡淡的微笑,开朗明媚的表情。

"狱长,我有事想问您。如果有时间的话,可否让我去您那里面谈?"她毫不胆怯地说道。

"随时都可以。"马场的回答让她的表情更加开朗。女囚向马场鞠躬后转身离开。

视察完整个工厂，马场回到狱长室，他的脑海里仍留着那位装订班长的模样。他叫来管理部长询问情况。

"她叫筒井初，今年三十四岁。罪名是杀人，被判了十五年。"管理部长说。

这刑期比马场预估的还要长，他继续问："她杀了谁？"

"她父亲。因为杀死的是直系亲属，所以判得比较重。其实她本来有机会被酌情减刑，但她一审过后就直接认罪了。"

"她在这里几年了？"

"正好今年第十年。因为大赦，获得过减刑，再过两年就能出去了。"

马场觉得她看上去比实际年龄更年轻，他起初以为她最多二十六七岁。

二

马场英吉让管理部长拿来了筒井初的判决书副本，仔细地阅读起来。

筒井初是筒井甚二与奈美的长女，出生于昭和×年，犯罪那年二十二岁。出生地位于东京附近的山间小镇。父亲甚二当年四十九岁，天性懒惰，从事木匠工作，却终日消极怠工，酗酒赌博，几乎每天都不着家。筒井初下面有两个妹妹，一个是当年十九岁的澄子，另一个是当年十七岁的惠子。因为父亲不去干活，所以家里生活贫苦。为贴补家用，母亲奈美只能去做按日领薪的苦工，筒井初则在附近的造纸厂做女工，这才得以勉强维持家计。

甚二多次把母女二人仅有的收入抢去挥霍一空，每次回家只是拿钱去酗酒或赌博，当然，每次都免不了夫妻大吵。甚二总是对奈美拳脚相加，又踢又打，还会殴打长女筒井初。由于甚二每次回家不是抢钱去喝酒就是把家里稍微值钱的东西拿去典当，家中因此一贫如洗。筒井初觉得，如果没有这个父亲就好了。

实施犯罪的当天早上七点左右，甚二外宿三天回到家中，当时已经酩酊大醉，却照旧对奈美大喊："拿钱来！"奈美一边回答"没钱！"一边朝灶头里添柴，准备早饭。

接着甚二又对筒井初说："你肯定有零花钱。"

筒井初回答说："我仅有的钱上次已经被你全抢走了，现在身无分文。过会儿还得去工厂问朋友借些钱，不然家里就没米下锅了。"

甚二气焰嚣张地怒目瞪视女儿。

见筒井初不理睬自己,甚二突然跑到灶台边向背对自己蹲着的奈美吼道:"今天你必须给我钱。家里肯定还有东西可以拿去当。别藏着,快交出来!"奈美头也不回地说:"没有就是没有,随便你干什么。"酩酊大醉的甚二怒火中烧地大喊:"连拿去当的东西都没有的老婆要来干吗!你给我滚!"奈美说:"我还要给孩子们做饭,要滚你自己滚。"甚二叫道:"你敢这么对老子说话?看我怎么收拾你!"说着,一把揪住奈美的头发,把她拽倒在地,一而再地吼道:"看我今天不弄死你!"奈美倒在地上说:"有本事你就杀了我!"甚二一把抓过堆放在一旁劈好的柴,高高举起说:"好!今天就遂了你的愿!"

筒井初见状,担心母亲被父亲活活打死,于是赶紧飞奔过去,抄起灶头边用来劈柴的斧头,在父亲身后高举落下,砍在了父亲的后脑勺上。甚二应声倒地,伤口深达十厘米,直接砍到脑髓,当场死亡。

被告筒井初对杀死父亲甚二一事供认不讳,并承认平日里早有杀他的念头。检察官根据刑法第二百条,判定为杀死直系亲属的杀人罪,认为应判处无期徒刑。但法官考虑到被告的情况值得同情,所以酌情判其入狱十五年。

　　判决书大致就是上述内容。

　　马场一边抽烟一边沉思。这份判决书让他了解筒井初的犯罪事实，但他觉得完全应该酌情轻判，十五年太久。庭审记录显示，此案的审理过程只有一审，没有二审，这意味着筒井初在一审过后就接受了审判结果，直接被送进监狱，并没有提出上诉。

　　这是为什么？那种不像样的父亲是他们家的破坏者，而且当时他正举高木柴准备殴打妻子。为防止父亲打死母亲，筒井初本能地跑到父亲身后抢起斧子。从这个意义上来说，她的举动属于保护母亲的防卫行为。马场认为，如果当时筒井初提出上诉，二审应该可以判得更轻。但筒井初为何一审结束就服刑了呢？

　　马场的脑海里浮现出筒井初的面容与身材，猜想她应该还是处女。

　　这时，管理部长走进来。

　　马场说："关于这个筒井初，"马场对坐在他面前的管理部长说，"我刚看完庭审记录，觉得她的情况非常值得同情。"

　　"是的，没错。"部长点点头。

　　"她那个父亲那么恶劣，虽然她是杀死了直系亲属，但应该可以判得更轻。"

部长也表示同意。

"筒井初一审就认罪了,这是为什么?律师没劝她上诉吗?"

"劝过。但她说确实是自己杀死了父亲,所以对一审结果没有异议,不听律师的劝说。"

"社会上没有人为她求情希望减刑吗?"

"有很多。她的事情被登上报纸后,很多人写信、写请愿书给法院,希望能为她减刑。其中还有十几封说会等她出狱、想和她结婚的——虽然得等上很多年。"

"结果呢?"

"她没有上诉。等她被送进这里之后,大家也都偃旗息鼓了。不过仍有男人持续三年热心地给她寄信,说想等她出狱结婚。"

"她拒绝了?"

"是啊。她笑着说那种人只是一时兴起,不能当真。"

马场觉得这也是常理,社会上固然有人同情他人,但时间一长,肯定不了了之。

"不过现在仍有人写信给她,说想和她结婚呢。那个人并非看了当年的报纸,而是后来在某本杂志上读到她的故事,觉得非常感动。那个人不止寄信,还寄财物给她。"

"她的母亲后来怎么样了?"

"五年前病逝了。现在只剩下两个妹妹,常来探监。"

第二天,马场英吉见到了筒井初。马场特地把女囚筒井初请到单独的小接待室。当然,同席的还有看守人员。

"狱长,上次谢谢您说的话。"筒井初从椅子上站起来,朝马场深深地鞠了一躬。

"什么话?"马场温柔地问道。当然,他同时也保持着适度的威严。

"关于您说的话,我不知道其他人怎么想,但我真的有话想说,所以昨天才拦住您,请您抽时间和我见面。您应该已经知道了,我杀了我父亲,因为他实在无药可救。"筒井说这话的时候,嘴角微微泛着笑意。

"因为那种父亲,我们一家遭遇了莫大的不幸。家里值钱的东西一件不剩,全都被父亲抢走。那天早上,他喝得烂醉,外宿三天回到家里,又像平时一样对我母亲动粗。父亲左手拽着母亲的头发把她拉倒在地,右手则高举木柴,我当时真的以为母亲会被他打死,脑子里一片空白。但我现在仍记得,当时灶台里的树枝把火烧得很旺、喷出白烟的模样。那种季节,早上七点左右,家里还很暗,灶台的火光将一旁的斧子照得又红又亮。

那种颜色真的很漂亮。我握着斧子砍了下去，感觉斧刃上映出火的红色，闪了一下。之后就看到父亲的后脑勺被砍到的地方也喷出了红色，当时觉得那两种红色真的好像。"

"你想说自己杀死父亲没错？"

"是的，"筒井初微笑着重重地点点头，"我一点儿都不后悔。我是杀死了自己的直系亲属，但那是为了我们一家人的幸福。我的两个妹妹最近经常来看我，每次来都穿得很漂亮。而且我觉得她们已经存了些钱，所以总是给我寄好东西，比如夏天和冬天穿的内衣。她们寄给我的都是高档货。如果父亲还活着，肯定会把妹妹们赚的辛苦钱抢去喝酒、赌博。那时候的日子真像是在地狱里。姑且不说我，当年十九岁和十七岁的两个妹妹都没有什么像样的衣服，整天只能穿又旧又破的衣服。一想到那时候，我真的觉得自己做了件好事。我现在能亲眼看到妹妹们过得那么幸福，已经非常知足。我完全不后悔。就我个人而言，我一点儿都不觉得我做了坏事。狱长，您觉得我的想法有错吗？我来见您，就是想确认这一点。"

马场并没有当场作答。筒井初那张非常明媚的笑脸让他印象深刻。

因为职业关系，马场经常看与刑罚相关的书籍，当然，也读过森欧外的《高濑舟》。他看着筒井初的微笑，脑海里浮现出小说《高濑舟》中押送犯人的庄兵卫听完罪人喜助的故事后感叹的那句："喜助的头上仿佛有一道璀璨的光辉。"

三

马场英吉陷入沉思。刑罚究竟是什么？一般而言，大家会认为刑罚是对犯罪的报应。刑罚的轻重取决于犯罪的程度，然后由国家权力予以实施。然而，因为报应而受到的刑罚之苦与凡人的精神之苦往往并非一致。就算受到同样的刑罚，因为不同的成长环境、不同的经历，还有性格、年龄、体质、智慧、感情、思想、经历等全都因人而异，所以肉体的痛苦与精神的痛苦也绝不可能一样。

还可以举出罚款的例子。比如同样罚三万，对穷人而言肯定是负担，对有钱人而言则根本无所谓。有钱人会觉得比起罚金，受罚这件事让他们在精神上更痛苦。相反，对穷人而言，支付罚金非常痛苦，所以他们有可能情愿身体受罚。当然，身体受刑与罚款非常不同，将人的所有本能全都封锁起来，拘禁人的自由，这种精神上的痛苦是向往自由的人难以想象的。

即使是入狱的刑罚，受刑者在入狱前所处的环境及自身的性格、体质、年龄、知识等也都有所不同，所以同样是五年刑期，每个囚犯主观上的肉体痛苦与精神痛苦也都大不相同。换言之，对于犯罪的"报应"并非均等。然而，法官只能根据刑法进行客观量刑，无法去考虑受刑者之间主观上的痛苦差异。同样是五年刑期，有人为此痛苦呻吟，有人则可能哼着小调等待期满释放。那是因为他们对于报应的根源，即对犯罪这件事的悔过意识不同。

马场常年在监狱工作，总会思考关于刑罚的主观不公平问题。刚才听筒井初说话的时候，他也想到了这一点。筒井初带着明媚的笑脸，看起来非常享受狱中的生活。她很高兴因为自己杀死了父亲，所以一家人得到了幸福。母亲虽然已经病逝，但两个妹妹现在过着幸福的生活，每次来看她的时候都打扮得光鲜亮丽，一看就知道过上了富裕生活。父亲如果还活着，这样的事绝对难以想象。筒井初认为自己的牺牲非常有价值，所以她心满意足，觉得拯救全家的举动"完全不是坏事"。她虽然被判入狱十五年，但她的痛苦比其他获刑仅两年的人要少。

关于筒井初，马场还有别的思考。筒井初成长在贫困家庭，但身体很健康，虽然只有中学毕业，但教养还不错，也做过女工。她习惯了粗食和劳动，没接触过异性，所以在这方面的痛苦肯定很少。换言之，她属于马场认为的、典型的主观苦痛较少的受刑者。不止于此，她还对犯罪没有悔恨。

她在一审后就认罪杀父，服从判决，并非因为出于罪恶感，而是出于对父亲的"无感"。她深信自己是从威胁到她母亲生命的加害者手中将母亲救了下来。

她的行为得到了"妹妹过上幸福生活"的回报。如此看来，筒井初受到刑罚并非受到报应，而是一种个人的释怀。

新刑法中有"杀死自己或配偶的直系亲属者，应判死刑或无期徒刑"这一条。这里所说的"直系亲属"应该具备一种资格，即受到家人尊敬且对家人履行爱护义务的人。

筒井甚二非但不具备这种资格，反而是家庭的破坏者、危害者。但法官仍以"杀死直系亲属"这一条来为筒井初定罪，这体现了法律条文的平等性。与无法认同受刑者主观苦痛的差异一样，马场觉得这也是某种法律之恶的客观性存在。

社会上当然会对筒井初感到无比同情。马场并不想对一审判决提出批判,他只是觉得大家现在依然应该关注并同情筒井初。管理部长之前说过,正式判决前曾有很多人写信求情,判决后也有很多慰问信,而且那种同情与关注持续的时间不算短,之后仍有人写信来求婚。

然而现在,表示同情的信已经少了很多。当年庭审期间,报纸曾大肆报道,引发关注。但如今已经过去了十年,与其说是大家的同情变淡,不如说大家已经遗忘了。

某杂志偶然报道了她的故事,就马上有人写信来慰问,这是最好的证据。

马场觉得应该让更多的人知道筒井初的事。他希望筒井初能过得更幸福。他希望不仅有人给她寄送慰问信或物品,还希望能像刚判决那会儿那样有人愿意等她出狱结婚。管理部长之前提过,刚下判决的时候,曾有男人持续三年写信给她求婚。现如今,还有两年她就会出狱。如果再有人向她求婚,肯定比以前更具现实意义。马场开始积极地思考该如何让筒井初更加幸福。

他想到可以见一见筒井初的两个妹妹。同时也想确认一下,能让筒井初开心到那种程度的两个妹妹,事实上是不是过着光鲜亮丽的富裕生活。

几天后，马场吩咐管理部长："下次筒井初的妹妹如果来探监，你安排我们见一下。"

一周后，管理部长来告诉马场，筒井初的两个妹妹一起来探监了。马场走出狱长室，前往探监室。探监的地方与管理部长所在的位置隔着一块板，马场躲在暗处朝她们看去。

探监室一共有两个窗口，一个用来探监见面，一个用来提交慰问品。在等候探监的人所坐的长凳上，马场发现有两个女孩的穿戴明显比别人亮眼。一个穿洋装，另一个则穿和服。乍一看分不出谁是姐姐谁是妹妹，两人都化着精致的妆容。

马场回到狱长室，等着两姐妹探监结束。一个小时后，部长来告诉他，两人已经探监结束，问马场希望把她们带去哪里见面。

"来我的办公室吧。"马场爽快地说道。

部长暂时离开，没过多久就把两姐妹带进狱长室。狱长室内有一张大书桌，还有一套用来开小会的长桌和五六把椅子。马场看到首先走进门来的是穿着洋装的女人，于是判断这位是姐姐。

"请先在那边稍等一下。"马场说完，部长把两人带到长桌和椅子旁。马场没开口,两人一直站着没坐。

"快坐下吧,我马上过去。"马场说着,翻看着其实并不紧急的文件。

四

马场英吉坐在筒井初的妹妹澄子与惠子面前,与她们之间隔着一张大桌子。澄子是姐姐,穿着一身做工精良的西装。妹妹惠子则穿一身用料与花纹都非常考究的和服。案发十年后,当时十九岁的澄子与当时十七岁的惠子,如今在马场眼中,已是风华正茂的美妇人。

看到她俩,马场相信,筒井初确实有理由相信两个妹妹都过得很幸福。怎么看这两人都至少不是穷人。光看衣着打扮也许还不能断定,但给人感觉肯定过着中产水准的生活。如果父亲还活着,两姐妹肯定不可能有这样的生活。马场觉得自己明白筒井初的满足感。

正当马场犹豫着该从何谈起,突然看到狱长室西侧窗玻璃外的一大段屋檐。那正是关押着筒井初的牢房的一角。牢房与办公楼之间有一堵厚厚的红瓦墙,再远些就能看到一个洗晒台,洗好的衣服正在迎风飘动,那是监狱员工家属住的地方。

"听说你们常来探视姐姐,是从她被关进来就开始的吗?"

穿着洋装的澄子抬起脸来说:"不是的,是最近两三年才开始的。"

这句话让马场稍稍有些意外,这意味着筒井初被关进来十年,但妹妹们此前七八年一直没怎么来看她。

"那是为什么?"

"为什么……"澄子有些欲言又止,妹妹惠子则一副全都交给姐姐回答的模样。惠子身上的和服和腰带都具有高级的质感,那腰带一看就知道价值不菲,普通人家很少会买这种,大部分人家就算买得起和服也买不起腰带,只能随便找一根搭配一下。但惠子身上的明显是经过精挑细选,甚至由专人搭配过的。

"你们应该很感谢大姐吧?"马场换了个问题。"感谢?……也许吧。"姐妹俩面面相觑。

马场觉得有些不对劲儿。他本以为两人会立刻点头。

"你们不是常来探监吗?你们的大姐也总夸你们穿得漂亮又体面……抱歉,这是她的原话,她说她非常为你们高兴,还说因为自己所做的事,虽然让家里没了父亲,但妹妹们真的变幸福了,所以她一点儿都不后悔。换言之,你们的大姐为了你们俩作出牺牲,进了监狱,而且并不以此为苦。"马场有些激动地说完,看到姐妹俩都低下了头,这又让马场觉得很意外。

"狱长先生,"过了好一会儿,妹妹抬起精致的脸庞说,"我们觉得大姐很可怜,也知道她为我们作了牺牲。但是,我们恨姐姐的所作所为。"

马场感觉就像眼前突然飞来一块大石头,搞不懂究竟为什么。"为什么?你们反感她的杀父行为?"

"那倒也不是。父亲是坏人,他活着的时候,我们就像活在地狱里。母亲的身上也总是带着伤。家徒四壁,父亲就像魔鬼一样。我们现在也不觉得他算什么父亲。"

"是吗?那为什么——"马场觉得惠子的语气有些激动,追问道,"你们不认同大姐做的事?"

"不认同,"这一次,澄子抬头说道,脖颈戴着的珍珠项链闪着光芒,"狱长先生,就因为姐姐做了那样的事,我们这辈子都没法结婚了。"

马场听得瞪大了眼。

"您看我们现在穿成这样,可能觉得我们过得很不错,但我们没法像普通人那样结婚。不瞒您说,我长期在酒吧工作,但一个人实在很难生活,只能投靠上了年纪的'干爹'。惠子也是。"澄子朝妹妹看了一眼,接着说:"她也靠别人包养着,那个人比她大了整整四十岁。"

马场惊得一句话都说不出来,只能怔怔地看着澄子。

"之前也不是没人说媒,我俩也都谈过恋爱。但对方一听说姐姐的事,不是媒人马上反悔就是对象被吓跑。姐姐犯的不是普通的罪,她杀死了自己的亲生父亲。任何人听了都会忌讳吧?无论我们对别人说父亲有多混蛋,时间久了,大家都会淡忘,只当在听故事,只有'亲身女儿杀死亲生父亲'成了铁铮铮的事实……因为我们有这样一个姐姐,大家都对我们避而远之。我们这辈子都不可能结婚。"

马场不由得吞了口口水,低下头来,看到不知从哪里飞来的一只小虫正趴在桌上。桌子的一端倒映出两个女人的影子。

"如果大姐当时能稍微理智一些,就不会有这样的结果,"妹妹说,"我们也知道父亲很混蛋,但他其实只是比较懦弱而已。明明有着木匠的手艺却懒得去工作,是因为他的性格太软弱。赌博也好,酗酒也好,都是因为他的软弱。每次回家,他都会喝得烂醉,还会虐待母亲。但我觉得这也得怪母亲对父亲太冷淡。如果母亲当年能对父亲温柔些,也许父亲就不会那么粗暴。父亲的借酒发疯其实是一种无奈的反抗。"

妹妹说到这里,默默地看了姐姐一眼,示意由姐姐继续说。

于是澄子接过话题，对马场说："我妹妹说得没错，"她的声音有些轻，"而且父亲的身体不好，虽然当年只有四十九岁，但因为酗酒的缘故，估计再过三四年身体就会垮掉，想要动粗都会没力气。因为身体不好，父亲干不了重活，他自己也很苦恼。所以我们觉得，母亲如果能多点儿忍耐，也许父亲就不会变成那样……那天早上，我们在墙角抱在一起，看到了整个过程。父亲确实在母亲的头顶举着木柴，也确实说了要杀她。但那在我们家，那属于家常便饭，只是一种威胁。如果当时大姐从中调解一下，父亲虽然仍会发怒，但最坏的结局可能只是甩门走人。大姐当时却不由分说地举起斧头就朝父亲的脑袋砍了下去。我们理解大姐的心情，但我们觉得如果当时她能稍微冷静一些，耐心一些，就算之后的日子不会太好过，但至少不是现在这样的局面。我们也不会因为大姐而没法像普通人那样结婚生子。所以，说句真心话，我们恨大姐做的事。"

马场英吉不知道该说什么，只能把视线转向窗口。刚才看到的晒衣台上的白布已经不见了。同样是在高墙之内，那里却有自由的家庭生活。

"八年间，我们都没怎么来看大姐，就是担心被人发现我们有这样的姐姐而结不了婚。但现在，我们已经放弃了，所以今后我们会常来看她……"

"我觉得大家都很同情你们大姐。有很多人给她写信，说想和她结婚。"

妹妹比姐姐的语气更激烈："大家的同情有什么用？如果真的同情大姐，就应该和我们结婚，不是吗？有人和我们结婚才是对大姐真正的同情，大姐一定会因此非常开心。大姐很高兴看到我们穿得漂漂亮亮的来看她，这种心情我们都懂，所以我们压根不对她提起我们实际的生活情况。这样也好，但……"

说到一半的妹妹突然从包里掏出手帕，挡在鼻子前。马场忍不住又想起筒井初那张明媚的笑脸。

（原载于《新潮》，昭和三十九年八月号）

没有文字记录的首次登顶

一

我被隐瞒了整整六年。这六年来只有我不知情，周围的人全都清楚。

我真的一无所知。我曾深信，那些围绕着我的登山友人看向我的眼神都带着善意。我做梦也没想到，他们的眼神里其实藏着另一种特别的表情。我甚至完全没意识到他们对我的疑惑、侮辱与憎恶。

只有我被蒙在鼓里。我从没怀疑过他们。

我的登顶记录被各种登山杂志和书籍引用，这也是我没有发现真相的原因之一。

就像我的记录被不断引用那样，我以为全日本的登山客都相信我、尊重我首次登顶的经历，况且桦之会是由我的朋友创办的。我压根想不到，所谓的"朋友"正是令我遭遇轻蔑的根源所在。而且持续的时间实在太长了。这六年来，我居然对此不知不觉。一方面是我自己蠢；另一方面我不得不承认，对方实在太高明。

他们说，那是出于对我的"友情"，还说正因为是朋友，所以要"保密"。然而，他们的那种说词如何能解释他们为什么要长时间在背地里说我坏话、偷偷地对我翻白眼？

他们说，因为我是他们的自己人，所以他们不会说我的不好。但他们为什么又对外人说，特别是对年轻的后辈们说那些话？究竟是为什么？

我知道是谁最先散布这种诽谤、是谁先诋毁我的。那个人只可能是与我同属桦之会的所谓"朋友"，和久田淳夫。

论攀登实力，他与我不相上下；论熟读文献的程度，他和我在伯仲之间。

不仅如此，有一段时期，他和我是竞争对手。八年前，他也曾热衷于挑战攀登R岳V壁。

"我一定会第一个登上V壁。我为此已经多次赴实地进行考察，还阅读了很多前人的记录，所以一定是我。"他曾这样对朋友吹嘘道。

当然，他不只是嘴上说说，也确实前往V壁之下十多回。有时候是独自前往，有时候是几个人组成小队前往。

然而，面对这道全是斜面朝下的逆层、角度接近垂直的 V 壁，就像那些多次尝试却无人成功的前辈一样，和久田最后只能知难而退。

他挑战了十几回，最终徒劳告终。

他的不懈努力始终暗藏针对我的竞争意识。论实力，我俩算是旗鼓相当，后辈对我俩的期待值几乎也是均等的。征服 V 壁是所有登山者的愿望。如果说当时的桦之会里有谁可能成功，那就是我或者和久田了。

我并不否认自己对他也曾怀有竞争意识。每次一想到他正在向 R 岳进发，我就会因为在意他此行的结果而睡不着觉。但实话实说，如果他能成功登顶，我一定不会对其进行诽谤。我没有那种卑劣的竞争心。

如果他比我率先征服 V 壁，我甚至会爽快地脱帽致敬，祝贺他。当然，我更希望是自己成为首次登顶者。

我以为和久田和我想的一样。事实上，他每次见我的时候都很亲切，大家也都很喜欢他开朗的性格。虽然他已经步入青年期，但长着一张娃娃脸，总像少年一样天真无邪，举手投足很是招人喜欢。他对我也总是特别热络。我一直以为那是因为他把我当成拥有同等实力的同龄人而产生的亲切感。

幸运首先眷顾了我。一九五三年十一月二日，我终于成为首位登上 V 壁的成功者。

那时候我是独自登顶的。现在想来，如果当时再多一个人，有人同行就好了；还应该背上相机再出发。只要当时具备这两个条件，我今天就不会陷入苦境。

我当时约过我最要好的朋友冈仓，但他因为亲戚家发生不幸，所以没能同行；照相机也不巧因为快门故障而送去修理了。

我也曾想过向朋友借一台相机，但又怕爬山的时候把人家的东西碰坏了不太好，所以没借。

这就是我的两个不走运。就算冈仓不能去，我也应该随便再找个谁一起去；也应该不要想太多地向朋友借相机。

攀登V壁真的是一场艰苦的斗争。之前我失败过五次，积累了非常宝贵的经验。正式开始攀登时，要比从下面看起来困难无数倍。把性命绑在一根登山绳上，每爬五六米就得喘口气。上面是连续凸出的峭壁，必须反复打入岩钉，扣上绳子，再用绳索将自己拉上去，每一步都很危险。每当爬上一段小平台，就能松一小口气。没有一点灌木，没有立足之地，必须沿着Z字向上攀登。每时每刻，我的精神都好像会被不断攀升的高度击垮。

我苦战良久，终于抵达山脊部分，最后登上我梦寐以求的V壁，站在了铺着柔软草地的山顶。

我至今都忘不了那时候的感动。我横躺在一小片草地上，望着好似触手可及的白云。那是晚秋时节，海拔二千九百七十米山顶的风，就像带着雪一样冰冷。山顶确实有覆盖着白雪的部分。我被那凛冽的冷风吹得流下眼泪。

因为身体过度疲劳，我在草地上放松躺平，有过数分钟的睡眠时间。当我醒来，再次确认自己就躺在山顶：我不是在做梦。

放眼望去，S岳就在附近，N岳、A岳，还有背后的W岳，全都以未曾见过的姿态出现在我的眼前。我是第一个亲眼从这山顶上看过去并发现那些山岳不同风貌的人。

下午，当太阳稍稍开始倾斜，我下到Z谷，从其与S谷的交会处出发，来到已经多次来过的L部落。我边走边在内心对自己说，是我的这双脚最先完成了前辈们未能如愿的壮举。我在心头反复回味着成功的喜悦，虽然身体很疲劳，但心里一点儿都不累。

来到L部落后，我住在之前曾经住过的勘兵卫爷家里。

勘兵卫爷每年夏天都会兼做R岳的登山向导。他家很小，只有两间很脏的小房间。他和年迈的妻子一起生活。本来有两个儿子，但都已经战死了。

勘兵卫爷在火炉前看着我，听说我登上了V壁，瞪大了那双总是油腻腻又红又浊的眼睛。他让慈眉善目的妻子为我送来一只茶碗，倒上他最爱的土酒。我忘不了用那只脏兮兮的茶碗在登顶后第一次干杯的滋味。

干杯的时候，我看到了勘兵卫爷头顶上方两个战死的儿子的遗像。黑漆漆的天花板、破破烂烂的榻榻米，这就是我的第一个祝贺会场。

说到这里，其实我漏了一个重要的事实。我从没将其写在我的记录中，更没对别人提起过。也正因此，我才会落入陷阱。

我是独自登上V壁的，没有谁可以证明。独自攀登是一场既没有裁判也没有观众的比赛。勘兵卫爷也只是事后听我讲述而已，他不具备成为证人的资格。

其实，当时是有"裁判"的，只是我不能说出来。

我成功登顶V壁后，下到Z谷时，遇到过两名登山者。地点就在Z谷与S谷的交会处，即进入Y岳的登山口的附近。

那是一男一女。女人看起来已经不算年轻，大概三十多岁。从他们的服装和装备来看，应该颇有登山的经验。男人看起来比女人年轻，是一名个子很高、肩膀壮硕的青年。他的脖子里挂着一副望远镜。

作为偶然在山间相遇的登山客，我向他俩微微点头致意后，打算从他们身边走过。但男人突然拦住我。在此之前，他们已经盯着我看了很久。青年拦住我，说完那句话后，我终于明白了他们盯着我的原因。

"恭喜你！"青年突然拉着我的手说。我有些困惑。

"这个！"他给我看挂在脖子上的望远镜。

"我刚才用这个看到你登顶 V 壁后下山的全过程。真是太棒了！真的恭喜你！"

原来他们本打算去爬 S 岳，偶然看到 V 壁上有一个小小的身影，于是用望远镜持续观察。

"真的恭喜你！太精彩了！"女人也盯着我看。她是一个漂亮女人，纤弱的肩头背着大大的登山包——刚才说过，他们的装备看起来很专业。

据说两人用望远镜看完我登上 V 壁，然后按照预定计划爬了 S 岳，在下山途中偶然与我相遇。

我们一同走向 Z 谷与 S 谷交会处，在发电所的工地小屋前分别。之后，我去了 L 部落，那两人说会越过黑山去 Y 站。

我们同行的时间虽然很短暂，但仍聊了一会儿。他们为能看着我初次登上 V 壁而感到非常兴奋。他们给我一种同为登山客的亲切感。当我提出希望他们能作为证明我首次登顶的证人时，他们却有些犯难，终于说出了实情。

我只能说事关重大，而且当时我郑重地与他们作过约定。正是那个约定把我逼到如今束手无策的窘境。虽然那时候我问到了他俩的名字，但我绝对不能对别人说。

二

我下山后，收获了大家的祝福。那座谁都想征服却谁都挑战失败的 V 壁，被我第一个成功登顶。这件事在各大报纸和普通杂志上都有报道。当然，还有专业的登山杂志请我执笔撰写整个登山过程。

我写了，但是没有提到在 Z 谷与 S 谷交会处遇到的那两个人。那是不能说的秘密。我向他们郑重保证过，发誓会死守那个秘密。

之后，在登山杂志上，我发表了一篇详细介绍首次登顶过程的文章。

这是我的名字留在山岳史上的文字记录。

和久田也为我的成功而高兴。当他走近我，握紧我的手时，我心中曾经有过的对他的疑虑顿时烟消云散。

我至今仍记得那时候他那张纯真的脸。那张脸上有着衷心祝贺友人成功的、登山人特有的单纯。说白了，他输给了我，但仍真心地为胜利的我鼓掌。我当时觉得他不愧是个登山的男人，是我的朋友。

登山者中无恶人——我当时就是这种感受。

然而，在之后的六年间，他在背地里不断地恶意中伤我。我可以断定，说我坏话的人就是和久田。他自己不会承认，别人也不挑明。但我就是知道，除了他没别人。

他在背地里称我记录的全是谎言，还说我高坂宪造根本没登上V壁，只是假装登顶，胡乱编造登山记录。

因为他说的实在有模有样，所以在我不知道自己被诋毁的那段时间里，桦之会的那些老朋友也都信了他的鬼话。具有这种说服力的，除了和久田，根本没别人。

他在我不知道的地方指出我的登山记录存在各种矛盾。

他所说的矛盾，其实正是因为他自己没爬上去过才会有的推测。然而他的那翻推测，加上他常年的登山经验，以及他通晓的文献知识，让大家都对他的说法信以为真。

他还设置了另一个陷阱。他对别人说，因为友情，他不能马上揭穿并攻击我的"谎言",所以只能忍住不公开,还让桦之会的人也为我保密。

桦之会的人因为他那番"充满友情与义气"的理由,没有对外宣扬。

六年来,就在我看不见的地方,那些人的非难全都集中在我一个人身上。他们鄙视我,甚至唾弃我。要是我在当年立刻发现这种情况,肯定会好过如今这样——时间越来越长,范围越来越广,整个日本登山界都在看我的笑话。不知道真相的只有我一人。

六年后,我终于得知一切。告诉我的当然不是和久田,也不是我的同辈朋友,而是和我差了一辈的后辈们。

他们是这么说的:"高坂宪造的虚假记录是桦之会的耻辱。这是众所周知的事实,只是谁都没公开说。我们因此被其他登山会的人嘲笑。我们年轻一代与高坂宪造毫无关系。仅仅因为他是我们的前辈,就得让我们因他的谎言而脸上无光,这让我们忍无可忍。不仅如此,以后的后辈也要继续受辱,一想到这里,我们决定把问题公开化,并呼吁取消他的登山记录。"后辈们积极地提出这种主张。他们并没有作出突然跑去找杂志社麻烦人家的无礼举动,而是派了几个代表先来找我。他们对我的登山记录不断提出疑问,打破砂锅问到底似的。那些疑问背后早就有了先入为主的观念,所以根本就像是审问。

我听那些年轻人说完后,简直气不打一处来。"你们说六年前的记录完全是我伪造的?"

他们异口同声地说"是"。接着继续提出各种质疑,而且正是和久田的论调。

要推翻和久田的质疑其实很容易。但无论我怎么说,那些年轻人已经对自身持有的观点信以为真,根本不接受我的解释。最后,他们说出了那句早就准备好、对我来说最为致命的话:

"你是单独攀登,没有证人,一个都没有。有了证人,我们才会相信。"

我当然没有证人。我是单独攀登,而且没带相机。如果有了山顶的照片记录,他们应该就能相信,但是我连照片也没有。

证人——听到这个词的时候,我的脑海里浮现出在Z谷与S谷交会处遇到的那对男女。幸好当时问过他们名字,也知道他们的住所,如果这两人愿意出来为我作证,那么我的屈辱嫌疑就能洗清。

然而,我不能说。因为我保证过。我与他们缔结的约定让我只能选择沉默。

但是听到"证人"一词时,我一不小心说漏了嘴:"并非没有证人。"

那些逼问我的年轻人吃惊地望着我。"什么人?"他们穷追不舍地问。

"有人用望远镜看到了我登顶V壁的全过程,我在Z谷与S谷交会处偶遇过他们。"

"有过这种事实?我们怎么不知道?"他们的脸色有些难堪,"是哪里的人?叫什么名字?"

我早就料到他们会这么追问。

"因为其中另有隐情,所以我不能说。那时候我向他们保证过不会对任何人说起。我真的不能说出他们的名字,你们就饶了我吧。"

刚才还有些难堪的他们突然两眼放光:"那就怪了!不知道你向他们保证过什么,但这种时候我们觉得你应该还是说出证人的名字。高坂先生,你是我国登山界的前辈,你的名字是山岳史上不可磨灭的存在。但是你所作的记录正在遭受质疑,这对登山人而言是莫大的耻辱,说不定还会葬送你在登山界的一切。所以……"他们逼着我说出证人的名字。

"我不能说。"我非常坚决。他们问我理由,我坚称是因为我和他们约定过。那些年轻人听后,向我投来以前就有、现在更强烈的鄙夷目光，然后骂骂咧咧地离开了我家。

他们一定以为我在编故事，以为我是没辙了，只能胡编乱造所谓的证人，因为是架空的人物所以说不出名字，这只是我一时逃避的借口。他们那么想也很正常。换作是我，也会那么想。

在他们眼里，我是一个大骗子，为了让自己看起来了不起，编造了一个又一个谎话，是虚伪的家伙。

在Z谷与S谷交会处遇到的两个人，我将他们的名字记在一本旧的登山日记里。等那些年轻人走后，我翻开日记。只要说出他们的名字，我就能度过这次危机。正如那些年轻人所言，我会被当成虚伪之徒，甚至被逐出登山界。能救我的，只有记在登山日记里的一男一女两个名字。

然而，我还是不能说。这是我的诺言，而且关系到那两个人的幸福。如果我将他们的名字公开，就不知道那两个人会怎样。弄不好，他们可能会被逼上绝路。

我咬紧牙关，等待着即将成为现实的毁灭。事实上，毁灭果然如期出现……

三

最权威的登山杂志《岳棱》在卷首刊登了一篇长达六页的文章，标题为《对高坂宪造登顶V壁记录的质疑》，文章还有一个副标题是"一个令人匪夷所思的故事"。文章没有署名，只写着：桦之会有志者。

我迫不及待地读了那篇文章，心里一直告诉自己要镇定、要镇定。第一眼只是很快地扫一遍，第二遍才认认真真地读，第三遍则开始逐字逐句地分析那篇文章。

> 这是早已为人所知的事实，只是从未予以公开。
>
> 高坂宪造是我国登山界的现役，有着举足轻重的地位。他所写的首次登顶V壁的记录，向来被大家视为光荣与权威，曾被各大登山杂志所引用，被年轻人所学习。现在，我们要写下以下内容，实在是不得已而为之。这是一个迟早要公开的问题。
>
> 人们对他的记录产生怀疑已经不是一天两天的事。几年前就已经出现过质疑的声音。
>
> 只是作为一个圈内皆知的秘密，一般人不知情而已。他的朋友，也就是曾经与他一起登过山的老朋友，因为所谓的友情而为他隐瞒。毋庸置疑，这

是一种虽然美好却是错误的友情。一个人对另一个人的友情，不应该成为隐瞒问题的理由。而且，虚假的东西不可能永远不被曝光。总有一天会真相大白。

我们认为，他所属的团体桦之会应该首先提出质疑。对他自己而言，这样也会好受些。

桦之会的成员已经交替，很多前辈已经退役，现在成为中坚力量的正是我们这些年轻人。

我们已经下定决心，完全出于自发的意愿，要检讨高坂首次登顶V壁的记录，而且一致决议将他的记录从正式文件中删除……

这篇文章随后附上了我写的首次V壁登顶记录的全文，并逐条予以质疑。

在我之后，其他登山者陆续登上了V壁。我的记录与后来登顶的人基本一致，没人对此有过疑问。但因为我是第一个登上去的人，所以有些细节在记忆上确实存在一些小偏差。

V壁是高达八十多米的断崖，本来就很难事无巨细地记录其全部的细部特征。出于最初登顶的兴奋，我的记忆难免有些小纰漏。而那篇抨击我的文章就是抓住了这些细节，说我的记录与事实不符。

但那又怎样？只要后来登顶的人没有在我的记录中找到致命的错误，我的记录就不应该被怀疑。那些年轻人的所谓质疑完全是一种非难，是在玩文字游戏，是在鸡蛋里挑骨头。

除了这些，这篇文章的最后还出现了我预期中的个人攻击。

我们起草这篇文章时，曾出于礼节拜访过高坂先生。当时他坚称自己的记录是真实的。他说他确实登顶过，我们却不以为然。我们与他就像两条平行线。为了解决这个问题，我们需要证人。也不知道该说幸还是不幸，他是单独攀登，而且没带相机。他辩解称当时相机拿去修了。我们觉得那相机坏的还真是时候。他为何没向朋友借一台相机呢？

当我们继续追究时，他意外地说出他的登顶其实有目击证人。我们听到这句话时，真心地为他高兴。我们请他说出证人的名字，还好心提出如果他太忙，我们可以代劳，为了他的名誉去向证人求证。

然而，他的回答又一次让我们觉得疑点重重。他说证人确实存在，是一男一女。这两人在攀登S

岳的途中用望远镜看到了他登顶V壁的全过程。很遗憾，他说因为与那两人的约定，他不能说出他们的名字。

证人是有的，但不能说出名字——这就是他的理由。

那对男女不知道与他作过什么约定，但这个约定似乎是为了帮他洗脱造假嫌疑而作。

我们在此不再饶舌赘言。是他自己的虚假记录破绽不断，现如今还摆出有证人的谎话。虚幻的记录与虚幻的证人，就是他的全部。我们痛感，这对他本人以及我国登山界而言，都是一件极其悲哀的事情。

我感到自己的视线在颤抖，杂志上的铅字在晃动，甚至从这些文字里看到了全国千万个登山人对我投来的责难的声音。

我还在这段文字背后看到了和久田淳夫的嘴脸。他写了很多关于登山的书，却没有一篇像我那篇登顶记录那么有价值的文字。他凭借丰富的文献知识，不知不觉间已经成为登山界的权威人士，但实际的登山经历却并不是那么回事。他明明低我一等。

写这篇文章的年轻人和我们那个年代的人不同。我觉得起草这篇文章的人应该不是出于对我的个人恩怨，而是出于一种年轻人所特有的所谓正义。

但是，他们之所以会这么想，之所以认为我高坂宪造的记录是假的，就是因为一直有人在他们背后煽风点火，那个人就是和久田淳夫。

是他设计好的陷阱，将我逼向悬崖。干得真漂亮！

这篇文章发表后，普通杂志来采访我，问我感想如何。但与其说是让我谈感想，倒不如说他们是在逼迫我"坦白"。我已经被置于等同被告的立场。

我每天都会收到十几封来信，几乎都是登山界的相关人士。有的是我的熟人，有的则完全不认识，还有和登山无关的人，都会写信来抗议我，甚至有人在信里对我恶语相向。

这些信的内容大部分都是以或婉转或强硬的表述，让我退出登山界。他们说我是世间少有的骗子，在登山界徒有虚名，应该把我这种人轰出登山界⋯⋯

他们都用白眼看我。不只是以前登山的朋友，还有我任职单位的同事，也开始对我改变态度。大家都知道那篇非议我的文章，但都对我保持沉默。我心里什么都明白。

去咖啡馆也一样。我只能避开登山者常去的那些地方。不仅如此，连周围的邻居看到我外出都会故意避开视线不和我打招呼。也许是我想太多，但我已经变得神经过敏，在我看来，所有人看我的眼神都带着非难和鄙视。

只有我的妻子仍相信我。妻子是我登山时认识的女人。她也属于桦之会，也认识和久田。有些微妙的是，我觉得我们结婚对和久田似乎是一个很大的打击。

但我不觉得和久田对我的陷害与我妻子冴子有什么关系，那种想法太过低俗。

正是在冴子的建议下，我终于打破禁忌，决定走访日记中秘密记下名字的两人中的一人。我决心好好捍卫我的名誉。

四

茨城县R町西田浩一

这是我日记中的一个人名，也是我这次走访的对象。自上次见面已经过去七年。他那个子很高、肩膀壮硕的模样至今仍在我脑海里清晰可见。他的颧骨有些凸出，长着一对浓眉大眼，皮肤黝黑，胡子拉碴，笑起来眼睛很好看。但整个人看起来有种疲惫的忧郁，特别是在他们向我道出实情之后，更加深了我对他的那种印象。

我乘坐常磐线在××站下车后，又坐了一个小时晃晃悠悠的公交车，才来到西田家所在的小镇。到了小镇之后，又从中心街区走了四公里，来到全是沙地的海岸边，看到一排用来挡风的围墙。

这里的房子全都从正面承受海风的击打，背面则是一片松林。西田家就是这渔村中的一户。

几乎所有的屋子都像是建在沙子上的。我找到西田家的时候，一个二十岁左右的年轻女人出来开门。我一看脸，就马上判断她是西田的妹妹。她告诉我，西田浩一六年前就死了。

说实话，我并没有对他的死亡感到太过震惊。我这趟出门的时候就已经有了这种预感。虽然只在Z谷和S谷交会处和他聊过一小会儿，但因为他告诉我的那件事，他的死对我来说真的不算意外。她妹妹问我和她亡兄是什么关系，我说是一起爬过山的朋友。

听说我特地从东京过来，西田妹妹把我带到了西田的墓地前。说是墓地，其实只是堆在沙子上、长着杂草的一个个土堆而已。妹妹在一堆墓碑中指着一个相对较新的对我说,就是那个。

我在墓碑前双手合十。但我的合掌不是为他,而是为我自己的无奈处境。我已经永远不可能从他口中得到证词了。

我觉得西田一定是自杀,在我听到他妹妹说他死了的瞬间就有这种感觉。但我犹豫了很久才鼓起勇气开口向他妹妹确认。

"没错。"他妹妹回答说。

我的视线从高起的小土坡延展到蜿蜒的广阔海岸,看不见船只的沧海①在岩石上击起白色的浪花。这天的风很大,将站在我身边的西田妹妹的头发吹得都横了过来。

"我哥毕业后在东京工作。他学生时代就很喜欢登山,每次公司放假,他都不回家,而是去爬山,"西田妹妹的声音在海风中断断续续,"工作后第五年的某一天,我哥突然回到家里。看上去非常疲惫,我以为他病了。之后他再也没回东京,每天在海边走来走去。我猜我哥是受了巨大的精神打击才回到老家。但无论我怎么

---

① 茨城县位于日本关东地区的东北部,东临太平洋,其他三面与邻县接壤。此处"沧海"表述疑指太平洋。

问他，他就是不说原因。我觉得当时若我哥肯对我说，就不至于那么痛苦。"

听到这里，我觉得西田妹妹大概已经猜到她哥自杀的原因。如果是普通的恋爱，西田浩一应该会告诉他妹妹。然而，那是一段不能公开的恋爱。

"一周后，我早上起来一看，我哥已经吞药自杀了。遗书很简单，没有写任何具体原因。在他自杀前，我曾看到他躲在自己的房间里小心翼翼地写信。但是他死后，我没找到那封信，我猜是他在死前投进了邮筒。但不知道那封信是寄给谁的。"

直到最后，我都只对他妹妹说我是她哥的登山友人。

他妹妹说家里还有她哥哥登山的工具，想送给我做个纪念。

我谢绝了。我想要的不是西田浩一的遗物，而是他的"证词"。我在沙地上朝公交车站走去。西田妹妹特地一路送我到公交车站。从车站可以越过屋檐望见沧海。西田浩一永远不会开口了。

我疲惫地回到东京。

我的日记里还有另一个证人——那个漂亮女人。我记得她看上去比西田年长。

在发电所小屋前和他俩分别的时候，西田浩一和那个女人说要越过黑山去火车站。我现在依然清楚地记得他俩当时的背影，那个女人看上去非常在意西田。

兵库县神户市须磨××番地白鸟弓子这是那个女人的名字和地址。

第二天晚上，我从东京站乘坐火车。冴子特地到站台送我。我看着东京的灯光从窗口渐渐流逝。一时间，我觉得对我的咒骂与侮辱全融入了美丽的霓虹中，渐渐离我远去。第二天早上十点，我到达神户站。

我坐在出租车上，让司机开去我日记里写下的地址。离开神户的市中心街头，车子开上一条路，一边是海，另一边是山坡。山阳线与这条路几乎平行。

六甲山麓的斜坡上排列着一栋栋漂亮的住宅。"××番地就是这栋。要在这里停吗？"司机问我。"这是白鸟家吗？"我问。

司机一听，点点头说："是啊，这家的主人原本是外交官。"

"外交官？"

"是的，好像在哪个国家当过参事。"

我一时语塞。我没让司机停在白鸟家的正门前，而是在稍微离开正门处下了车。

白鸟家和周围的房子一样，都建在高高的石阶之上。

下车后，我走在铺着白色细沙的路上，感觉真的很美。每一栋房子都是别墅风格的高级住宅，沿着坡面，一栋栋房屋井然有序地在阳光下熠熠生辉。

我这才知道白鸟弓子是外交官夫人。之前在山里见到她的时候就猜她应该已为人妻，但没想到她居然是这样的身份。

"白鸟"的姓氏名牌挂在漂亮的正门前，我在门口徘徊了好久，实在没有进去的勇气。我本来的目的是想见到她，请她为我作证，但还没进门，我的希望已经破灭了一半。

透过栅栏，我看到门内就像一座幽静的小树林，庭院里的树木修剪得非常精致，一棵高大的雪松似乎是这家主人身份的象征。从树木之间可以看到兼具日式和西式风格的屋顶与白墙。

屋子的墙壁上有窗户，但从外面看进去很暗，看不到人影。我看到一个女佣模样的年轻女人朝我走来，这才终于鼓起勇气，打算进这家的门——也许是因为我在他们家门口徘徊太多次，被她发现了。我放下心理负担向她走近，递上名片，说想见白鸟夫人。

进入大门，我发现这个家比从外面眺望时看到的更加气派。从大门口到屋子的玄关处是一条很雅致的小路。庭院的设计很西式，一旁有一扇小拱门，门上缠绕着藤蔓。还有白色的秋千，感觉家里应该有小孩。

穿过拱门，我来到面对中庭的主屋的一侧，领略怡人的北欧民宅风格，白色的墙壁上方交错着黑色的粗梁，瑞典风的红瓦烟囱立于屋顶之上。

白鸟家的豪华客厅面朝大海。时隔七年再次见到白鸟弓子是何等情形，在此我不想多说。她看到我的名片时似乎并不记得我是谁。看到我的脸，她先是有点儿纳闷地看着我，后来才认出来我是谁，突然变了脸色。

那时候我就觉得她很美。七年后的白鸟弓子看起来更有魅力。而且和当年不同，如今她没穿登山服，而是一身和服，显得特别高贵且有气质。

她立刻调整表情，请我品尝女佣送上的红茶。我和她之间进行着无形的交流。我说从这里看出去风景真美，她说谢谢我远道而来。我们对话的内容与我们看彼此时的表情并不一致。

在我们面前，似乎矗立着一堵正在被暴风雨猛烈击打着的粗岩高壁。

突然闯进客厅的两个孩子将我们之间的壁垒一下子打破了。一个是十岁左右的男孩，另一个是五岁左右的女孩。他们对着白鸟弓子叫妈妈，并大声地汇报自己刚才玩过的东西。

白鸟弓子温柔地笑着抚摸两个孩子。与她刚才看我的僵硬表情不同，现在的她笑得眯起了眼，轻抚着孩子的全身，一副心满意足、平凡母亲的表情。

我把话题转为对两个孩子的赞赏。

母亲和孩子脸贴着脸，看起来非常亲昵。

我很怀疑，这真的是当年在S谷与西田浩一同行下山的女人吗？是那个一直紧紧偎着青年、一路对他情意绵绵、与他一起走山路的女人吗？

记忆中的模样与眼前所见简直判若两人。当年，她是那样一脸决心去死的表情。

（我们没法为你证明你独自登上了V壁。我们来这里的事不能被其他任何人知道。）

西田浩一曾这么对我说过。当时，白鸟弓子的脸贴着他的肩头，视线垂落。

（您应该已经猜到了，我们都喜欢爬山。她也……）

西田说这话的时候，满怀爱意地看着靠在自己肩头的女人的脸。

（喜欢爬山。我们因山而走到一起。我们不能作您的证人，因为我们来这里这件事本身就不能被别人知道，这是我们的秘密。我觉得您应该已经猜到了吧，她是别人的妻子。）

西田说出实情。

之后，他把自己的名字和住所写给了我。他说看到我首次登顶Ⅴ壁，觉得非常感动，但希望我不要告诉别人他的名字。我向他保证一定遵守诺言。他说自己之所以把名字和地址写给我，是希望再过十年，如果有需要，就愿意为我作证。

但他最后又加了一句："如果那时候我们还没死。"

女人不听男人的劝阻，也和男人一样为我写下了自己的名字和住所。

为什么女人要把她的名字和地址告诉我呢？很长一段时间里，我都没想明白。

只要女人不说出自己的名字，这个秘密就肯定不会被人发现。但她在告诉我名字和住所之后，脸上分明没有丝毫后悔。

她当时那种明媚的表情似乎在说：这是在与我爱的人做同样的事。

——然而现在，只有这个女人没死，活到现在！而且就坐在我的面前。

五

我暂停了追忆，因为看到了一个意料之外的人。

瘦高个的中年男子跟在孩子后面出现在客厅里。我觉得他并非因为知道我来才来到客厅的，因为他看到我的时候说道："哟，来客人了啊？"说完打算马上转身离开。白鸟弓子留住了他。

她站起身向我介绍，这是她的丈夫。她对丈夫说，这是她登山时认识的朋友。

白鸟先生仪表堂堂，确实颇有外交官的风范。

看他脸色苍白，我猜他可能有病在身。他肩膀下垂，像女人似的，有一种孱弱的感觉。

我说自己是在旅行途中顺道过来的。白鸟先生没有怀疑我的说词，用简练的措词欢迎我来家里玩。

他给我一种曾经长期生活在国外的感觉。

他问我是不是第一次来这里。我说是的。他对妻子说，可以带我去附近转转。白鸟弓子点头说好，但建议她丈夫同行。

我们三人走出白鸟家，来到附近的须磨寺。白鸟先生手里牵着他们的小女儿。

对我来说，这是一次奇妙的散步。白鸟夫人做事果然很周到，从某种意义上来说也非常大胆。她把我完全当作普通访客。我暗中观察她，发现她丝毫没有害怕我的样子。虽然我知道她的过去，但她在丈夫面前表现得非常坦荡，无论走到哪里，她都表情开朗，和丈夫温柔说笑，与孩子一起欢乐嬉笑。

因为是快到夏天的季节，须磨寺周围长满了茂密的叶樱。明媚的阳光透过叶片的间隙，将人的脸照得有些苍白。

我很佩服她的表情始终没有变化。换言之，在客厅里认出我的瞬间，是她唯一一次表情有变的时候。

"我妻子很喜欢爬山，"白鸟先生和我边走边聊，"还是单身的时候，她就经常去爬山。但我爬不动，所以从来没陪她去过。"白鸟先生连声音听起来都很有气质。他把我当成他妻子单身时代爬山时认识的友人。

"我丈夫身体不好，最近把外务省的工作也辞了，"白鸟弓子向我介绍她丈夫的情况，"这里是我丈夫父母家的别墅，因为要调养身体，所以搬来一起住。"

我们走出叶樱林，来到须磨寺那栋古色古香的建筑前。因为位于坡面之上，所以能透过树叶缝隙看到大海。

我的眼前仿佛浮现长眠于海边坟墓里的西田浩一的模样，还有那满是沙尘、面向大海的渔村。我有些不可思议地看着正高声与孩子嬉笑的白鸟弓子。这个女人曾经决心与西田浩一共同赴死；这个女人七年前应该已经与爱人一起自杀了……

西田浩一已经死了。白鸟夫人一定知道。但是为什么只有西田死了？为什么只有夫人活在这个其乐融融的家里？

我想到了西田妹妹说过的话。西田曾在死前写过一封长信，并投入了邮筒。那封信的收信人一定是白鸟弓子。

读完那封信的白鸟夫人、我曾见她穿着登山服的白鸟夫人、当时曾想与爱人离开人世的白鸟夫人……现在已然完全消失。

现在在我面前的只有过着富裕生活、享受家庭幸福的贵妇人，一个背叛了爱人却摆脱了死亡的中年女人。

女孩正缠着爸爸玩。白鸟先生弯下高高的背，牵着女孩的手，在稍稍离我们有些距离的身后。

短暂的时间里，只剩下我和白鸟夫人两个人。

我有很多话想说，但一时又说不出口。我们两人走在须磨寺边的小路上，那是一条杂草丛生的窄路。

"西田先生已经过世了，我去找过他。"我下定决心，终于说出口。这时，我看到她脸上露出了当日的第二次变化。之前的她看起来非常温柔,但此刻的她目光尖锐,就像突然被人从正面扔了个东西。在这个瞬间,她的眼神非常可怕。

她突然停下脚步。

"那时候,"她望着远方的大海说,"我收到丈夫要从伯尔尼回来的消息。"

我呆呆地看着她,没听懂是什么意思。

白鸟夫人无视我的反应,继续注视着大海,像念咒似的喃喃的说:"我丈夫……之前一直在瑞士工作。"

我依旧看着夫人的脸,一头雾水,就像听到一句完全听不懂的外语。

这时,我听到身后传来脚步声,是白鸟先生和孩子来了。孩子从父亲身边跑向母亲。

"我们差不多该送客人回去了。"夫人的脸上立刻恢复成原来的表情。

她蹲下身为女孩的裙角拍去泥土。

几秒钟前,她还像打哑谜似的在向我坦白。而现在,那种表情已经荡然无存,取而代之的是一张温柔的、平凡的、满脸微笑的母亲的脸。

我们从林中走下坡面,我又一次与白鸟先生并排而行。

此处能看到附近的电车开过。白色的大道连成一线，对面就是大海。海中的淡路岛看起来颜色稍稍有些浓重。

白鸟先生依然用他那温柔的嗓音与我对话，那是对远道而来的、妻子的客人表示礼貌的态度。

白鸟夫人正在和孩子聊天。虽然背对着她，但我依然听得出夫人的声音与七年前在山谷里偶遇时听过的声音一模一样。

我在心中回味着只有我们两人时她说的那两句话。

——那时候，我收到丈夫要从伯尔尼回来的消息。

——我丈夫……之前一直在瑞士工作。我完全听不进一旁的白鸟先生在说什么。

白鸟先生似乎在瑞士大使馆工作过。白鸟夫人刚才那两句话其实是在向我说明七年前的事。

那段时间，白鸟夫人在日本，因为无聊，所以常去爬山。就在那时候，她与西田浩一走到了一起。

我觉得白鸟夫人刚才是想向我解释，说她丈夫当时在瑞士工作的那句话就是她所有的坦白。这句简短的坦白中包含着她的各种过往——恋爱以及与爱人约定赴死的决心。只是夫人说的那两句话的时间顺序正好颠倒。

当时，她收到消息说白鸟先生要从伯尔尼回来——这句话坦白的是她对西田浩一的背叛，以及只有西田被逼上绝路的缘由。

白鸟弓子应该已经猜到我此行的目的，但她的脸上没有丝毫狼狈……

她无所畏惧。她向我坦白的只有那两句简短的话。

这当然不是她对我的祈求。她喃喃地说出那两句话的时候，脸上分明是昂然的表情。

再次回到白鸟家门前的时候，女佣已经叫来一辆高级出租车。我挥手与他们告别。白鸟先生、白鸟夫人和孩子们站在明媚的初夏阳光下，目送我离开。因为光线的缘故，白鸟夫人的脸看起来一片纯白，没有任何阴影。她似乎感到有些晃眼地眯起眼睛，遥望着我离开。

六

我回到东京。

看着满心期待的妻子的脸，我说："没办法，白鸟弓子已经死了。她先生是外交官，说她是在伯尔尼死的。"我接着说："我再也不登山了，从此退出登山界。"

妻子叹了口气。

我把自己埋藏于嘲笑与非难之中。我没有作任何辩解，也没有写下一行反驳的文字。我，高坂宪造，曾经的登山者，就此与自己的记录一同消失。

因为没办法。

我没有证人。一个死了，另一个正在享受幸福的家庭生活。患病的丈夫和可爱的孩子都需要她。我没能打破她那堵看似坚固实则脆弱的壁垒。

我从登山界退出，她则在六甲山麓北欧风情的城堡里继续生活。

"那时候，我收到丈夫要从伯尔尼回来的消息。"

这句简短的话里已经包含了一切。西田浩一自杀了。我并不想指责白鸟弓子。试问又有谁能怪罪她的任性与自私？

我的首次登顶记录就像西田浩一在海边的坟墓一样，被砂石掠过、掩埋。

就这样吧。

就当自己曾经登上V壁只是过去的一场幻想，这样就不会再有纠结。

我的名字从记录中被删除之后，谁会是R岳北侧V壁的首位登顶者？恐怕这将是登山史上永远的无解之谜。

然而，记录中的空白也许反而成为确认我真实经历的唯一所在。

（原载于《周刊女性自身》，昭和三十五年十一月十六日号）

明信片上的少女

小谷亮介少年时代喜欢收集明信片。

父亲是官员，经常出差，会从各地寄明信片给亮介。不仅父亲，还有伯父、堂哥等，也都会给他寄明信片。堂哥在京都学习，常寄给他舞妓或大原女[①]的明信片，去奈良、吉野或飞騨[②]附近旅行的时候，也会寄给他当地的明信片。仔细想来，堂哥寄给他的明信片数量最多。

亮介的抽屉里塞满了明信片，包括来自北海道和九州的。每次无聊的时候，他就会把明信片都拿出来，赏玩明信片上那些未知的风情。

从少年时代起，亮介就非常憧憬未知的、遥远的土地。各种各样的明信片填充了他的梦想。明信片上大多是名胜古迹，比如松岛、日光、阿苏、宫岛以及三保的松原、兼六公园、琵琶湖等。

[①] 在京都将柴等商品顶在头上叫卖的女人。
[②] 飞騨，古称斐太、斐陀，明治年间与美浓合为岐阜县。

反复观赏明信片的过程中，那些景色深深地烙印在他的脑海里，就好像他已经亲自去过。所以他总是看了又看，乐此不疲。小学的时候，他最喜欢的科目是地理，教科书上的风景插画是他的最爱。就连那些不是主画面上的小人物，他都会津津有味地百看不厌。

然而长大以后，那些明信片就变得越来越少。一方面是他自己开始觉得收集明信片太幼稚，另一方面是因为给他寄明信片的人越来越少。堂哥毕业后去了中国东北地区的公司工作，第二年就死了。亮介的父亲也已经退休，所以再没人给他寄明信片。抽屉里现在更多的是备考用的参考书。

儿时的那些明信片几乎都不知所踪。只有一张，亮介依然当它是宝贝。夸张些说，他甚至希望能时刻贴身带着，寸步不离。

那是一张富士山的明信片，画面很普通。说到富士山的照片，一般人会想到从田子之浦看过去的远景或是芦之湖里的倒影，但这张明信片上的富士山在少年亮介的眼中有些特别。

这张明信片上的富士山，山脚与底部全都藏在群山之后，只能看到八合目①以上的部分。而且并非远景，而是近距离地拍到山顶画面。因此，这张明信片上的富士山看起来一点儿都不高大。

明信片上附带说明："山梨县K村附近所见富士伟容"。亮介觉得画面中的富士山完全没有给人"伟容"的印象，反而有一种被挤在群山之间、显得山顶低矮的感觉。长大后，亮介看过北斋②等人画的富士山之后，才知道这其实是所谓的"里富士"。

少年亮介爱上这张明信片，并非因为上面的富士山，而是被画面中一名不起眼的少女深深吸引。

明信片的画面中，寂寥的田间小路两边是茅草屋顶的贫穷民居。四五棵高大的松树立于路边，其中一棵有些歪斜。富士山位于路的正前方。

亮介在意的那名少女孤零零地站在路边，发型是七八岁模样的河童头，穿着短款和服，外面还有件坎肩。季节看上去像是早春或晚秋。女孩双手插在口袋里，像是附近农家的小孩，感觉是碰巧站在那里而被摄

---

① 从登山口到山顶被分成十合，登山口为"一合目"，山顶是"十合目"。

② 葛饰北斋（1760—1849），日本江户时代的浮世绘画家，70岁时陆续创作和发表的46幅《富岳三十六景》是其享誉世界的代表作之一。

影家捕捉到的。

这些都不是重点，吸引亮介的是那个女孩的脸。因为女孩在近处，所以鼻子和眼睛都能看得很清楚。女孩的眼睛又大又圆，下巴圆润，嘴巴小巧得在明信片上只能看到一个小黑点，一看就知道是个可爱的少女。

少年亮介对这名少女留下了深刻的印象。他忘了这张明信片是谁送的，但比起其他任何明信片上光鲜亮丽的人物，这张以看上去低矮的富士山为背景的明信片中，那个穷山村的少女给少年亮介留下了幻影般的深刻烙印。少年亮介还用自己的想象为少女的笑脸补充进各种场景描绘，并陶醉在自己的想象中。

亮介长大后，只有这张明信片没弄丢，一直夹在书里当书签。长大后，青年亮介没有了幼稚的憧憬，但仍会带着儿时的怀念，偶尔翻出这张明信片，小心翼翼地生怕弄破。

有时候他也会想：要是有机会，就去看看"里富士"的实景。当然，明信片上的少女肯定已经不在那里。明信片的照片上没有拍摄年月，但女孩应该比亮介年长很多，说不定现在已为人母，甚至可能已经过世。

这话若是对别人说起，一定会遭耻笑，所以亮介只是在心里想想，然后把这张陈旧的明信片再次收好。那个看得见"里富士"的、位于甲州的寂寞村庄，与奈良或北海道一样，都是亮介曾经想去一探的未知土地。

○

小谷亮介毕业后进入报社工作，在文化部当记者。一转眼三年过去，工作上已经比较顺手，但近来他对工作产生了一些无聊和困惑的情绪。

这年早春，亮介受命前往作家 B 和作家 Y 处了解近况并撰写报道。这两人都远离东京，B 在甲府，Y 在信州上诹访，因工作而长期待在当地。

"我想请 B 从今年秋天开始写连载。你去确认一下他的日程安排。"亮介的领导对他说。

亮介是第一次去甲府。一听说要去甲府，他的脑子里突然浮现了那张明信片上的少女。他觉得这是一次好机会，正好可以去一下那个小村子。哪怕不顺路，他也打算一定要抽空去看一下。当然，他同时觉得这么做有点儿傻，但心里仍期待不已。那是他少年时代一直无比憧憬的风景。他觉得如果自己真的到了那里，看到了实景，一定会更加快乐。

亮介从一本书里找出那张明信片。其实他已经很久没拿出来看了，以至于一时都忘记到底夹在哪本书里。翻了好久，他终于从一本纸页发黄的旧书中找到了那张一如往昔的明信片。

寂寥的街道、茅草的屋顶、几棵松树、看上去低矮的富士山，还有那个双手插袋、河童发型的少女——大大的眼睛，小小的嘴巴在那张有着圆润下巴的脸上看起来只是一个黑点。亮介还是孩子的时候曾展开过很多幻想，而现在的他正叼着香烟凝视着明信片。那是他少年时代梦幻的追忆。

第二天，亮介乘坐中央线来到甲府。途中，列车开过盆地时，他从车窗向外眺望到的富士山果然就像明信片上那样，只有八合目以上才能看见。近景的群山就像屏风样挡在前面，让人只能看到露出山顶、看起来挺矮的富士山。远处的盆地上方，还可以看到云霞飘扬。

作家 B 工作的地方位于甲府偏远地带的一处温泉旅馆。因之前曾与亮介见过四五次，所以看到亮介特地跑来甲府找他，他显得非常高兴。

"现在手头有点儿忙，再给我两小时，做完了一起去喝酒。"喜欢喝酒的作家 B 眯起镜片后的眼睛说。

亮介心想，两个小时的余暇，正好可以去一下那个小村子，于是对作家 B 说自己先出去转转，过会儿再来找他。对亮介的心思一无所知的作家B说："真对不起了。"他那张圆圆的娃娃脸上满是歉意。

亮介向旅馆人员问路，得知坐车三十分钟可以到达K村。

汽车在甲府盆地的北隅一路飞驰。渡过釜无川后，可以看到河堤始终与路面平行。富士山在亮介的左手边。亮介看着富士山，心想：没错，就是这个位置。没过多久，他就来到了K村。

司机停车后告诉亮介，这里就是他要去的地方。亮介发现车子的前挡风玻璃上已经映出了村子的风景。他终于来到了明信片上的那个地方。

亮介站在路上，从口袋里掏出明信片，对比实景，完全一致。古老的茅草屋顶已经零落，取而代之的是瓦片屋顶，除此之外，寂静的小路、富士山的位置等全都一模一样。松树的棵数也和明信片上一样，只是那棵有些歪斜的松树已经被砍掉。

亮介站在路中央眺望了好一会儿。遥远的孩提时代的梦中景物，现在就在他的眼前，与明信片上的画面几乎一致。而且实景也和旧明信片一样，看上去非常破旧，甚至荒芜。亮介听不到任何声音，也看不到一个人影。几只小鸡正在明信片上少女所站的位置嬉耍。

这不再是画面中的景物，也不是幻觉，而是自己脚踏的实地、眼见的实景。亮介觉得如果自己去触碰那些松树或房屋，一定会有摸得着的坚硬感。风吹过脸颊，让他感觉冰凉——他觉得自己快哭了。他在内心呐喊：我——来——啦！他甚至想对富士山、茅草屋顶、松树以及少女所站的位置振臂高呼。虽然那个位置上现在只有一摊鸡屎。

一位六十多岁的老婆婆从一户人家走了出来。亮介上前一步说："抱歉打扰了。"他其实并没想太多，如果稍微三思一下，他当时也许不会那么做。

亮介拿着明信片，递给老婆婆看。

"老婆婆，上面的这个孩子是这个村子里的吗？"说完，亮介这才发现自己的身体在冒汗。

老婆婆一脸诧异，但仍用疑惑的眼神看了看明信片。虽然眼皮已经严重下垂，但似乎视力还不错。

"这是冈村家的惠美子，"老婆婆的表情就像看到了稀奇的东西，"居然还有她小时候的照片！真让人吃惊啊！"老婆婆说着，把明信片看了又看。

冈村惠美子——亮介终于知道了少女的名字。

"老婆婆，这个人现在还在这个村子里吗？"

老婆婆笑着露出了没牙的嘴，摇摇头说："以前在，后来嫁人了。有个少爷看上了她的长相,之后她嫁去了茅野。那少爷家开的店名叫高崎屋,是卖寒天①的。但那已经是十四五年前的事了。"

○

这天晚上,亮介住在作家B推荐的旅馆。第二天一早,前往上诹访去见作家Y。

途中,透过火车上的窗户,他发现从茅野站可以正面看到八岳②。车站附近有很多人家。

Y的家位于能一览诹访湖美景的高地上。周围是种满了花梨的田地,附近还有石器时代的遗迹。

正好有一位与亮介供职于同一家报社、驻诹访分社的通讯记者也在Y家。记者名叫小田,四十岁左右,身材消瘦,看起来很老实。他与亮介是初次见面。

与Y谈过话,亮介的工作就算结束。正好到了午饭时间,Y请亮介和小田一起吃了顿饭。小田离开总社已经十年,在这个地方分社似乎混得不错。

---

① 深海红藻萃取而成的天然食物,因必须在寒冷干燥的气候中制作而得名。
② 位于长野县诹访地区、佐久地区及山梨县境内的山块。

亮介向Y道别后，和小田一起离开。

"这阵子我去东京时都觉得有点儿害怕呢。"迈着随性的步子走在田野里时，小田有些自嘲地说道。他告诉亮介，自己曾在总社编辑部做过八年。现在的他土里土气的，身上已经彻头彻尾没了曾经在大都市生活过的影子。

"您在这里人脉很广吧？"亮介也不知道该说什么好。

"那是当然。我在这儿已经十年了，不只在諏访，在冈谷、茅野也都很吃得开。"小田很精神地说道。

亮介从他口中听到"茅野"，突然想到也许问问这个男人，能找到那个明信片上的少女。

"在茅野有没有一家叫高崎屋、卖寒天的店？"亮介有些不好意思地问道。

"有啊，是大店。"小田立刻回答。

"那家店的少爷……"亮介忍不住吞了口口水，现在的年纪估计已经不能叫'少爷'了，"十四五年前是不是从甲府娶了个老婆？"

"你说的是利一郎吧？现在不是少爷，是大当家了。比我年轻一点。对了，你说的那个是他前妻，好像是从甲府嫁过去的，"小田回答后问亮介，"你认识？"

"不算直接认识，只是我有个朋友想了解那位太太的事情。"亮介撒了谎。他感觉自己心跳很快，不是因为撒谎，而是因为他从没想到自己会像现在这样从一名地方通讯记者口中打听到明信片上少女的际遇。

小田刚才提到的"前妻"两个字让亮介很在意。

"他们已经分了，是六年前的事。而且分的方式很不一般呢。"小田得意地展示着他对当地情况的了解。

两人来到街上的咖啡馆，坐在昏暗的角落里，小田开始讲述他口中"不一般的分法"。

"六年前，高崎利一郎找了个情人，是在诹访温泉旅馆做艺伎的。我认识高崎利一郎，但他前妻的名字我已经不记得了。"

"是叫惠美子吗？"亮介确认道。

"对，对，就是这个名字。你了解得很清楚嘛。他前妻出身贫寒，来自农家，是个大美人。"

"现在大概多大年纪？"

"当时我记得是三十岁，现在应该三十五六岁。"

亮介第一次知道明信片上的少女比自己大十岁。第一次看到那张明信片的时候，少年亮介曾以为女孩和自己同龄。但事实上，明信片上的照片拍摄于十多年前。

"那个在诹访温泉旅馆做艺伎的情人长得可丑了。利一郎居然会为那种女人神魂颠倒，也真的只能说他是瞎了眼。"小田一边喝咖啡一边继续说:"两个人后来还私奔了。那时候,利一郎的父亲还在世。高崎屋在茅野算是大户人家。当年,利一郎带着一大笔钱和情人私奔了,当时在当地算是大事件。经过多方寻找,才知道那两人逃到九州熊本躲了起来,据说投靠了那边的一家羊羹店。于是,利一郎的父亲派惠美子去九州,让她无论如何都要把利一郎带回来。他老婆自从他和情人私奔后,终日以泪洗面,得知能去接丈夫回家,自然是欣然前往。利一郎父亲担心她一个女人家上路不安全,于是叫利一郎的弟弟和她一起去。但后来证明,这是一个大错。"小田停下抽一口烟。

亮介大概能够猜到那个"大错"究竟是怎么一回事,但仍屏息凝神地等待小田继续开口。

○

"利一郎的老婆和他弟弟到达九州熊本后,很快就找到了利一郎藏身的地方,劝他回家。但利一郎一口拒绝。他舍不得那个艺伎。无论他老婆惠美子怎么哭、怎么求,也无论他弟弟怎么说破嘴皮地劝,利一郎就是不答应跟他们回去。惠美子和利一郎的弟弟无奈,只能决定返回茅野。但如果当时他们能直接回来就好了……"小田皱了皱鼻头，微微一笑继续说，"途中，他们路经京都，那天晚上，也不知道是谁先主动，反正结果他俩在一起了。利一郎的弟弟估计当时是觉得嫂子很可怜，而惠美子那时候被丈夫抛弃，所以感情上很空虚吧。惠美子和利一郎的弟弟在京都和奈良一共住了三晚，最后回到茅野。"

这番话和亮介预想的一样，但亮介仍有些不能释怀。

"回到茅野后，他们的那种关系终究被利一郎的父亲发现了，于是利一郎的父亲怒不可遏地将惠美子扫地出门。"

"利一郎的弟弟呢？"

"当时他弟弟还很年轻，完全没勇气和嫂子一起离开。惠美子好像对他也只是一时情迷，没想过要嫁给他。对了，利一郎的弟弟现在在东京做事。"

"惠美子后来回娘家了吗？"

"回去过一阵子，但没能长住。听说她后来去了静冈的料理屋做服务员。"

亮介默默地喝着茶。

"你的那个朋友，"小田观察着亮介的表情说，"很想知道高崎屋老板前妻的消息？"

亮介听小田的语气，似乎在暗示如果查一下也许会有更多收获，于是动了新的心思。

"要不我去查一下吧。查到了，写信告诉你。"小田主动开口。"利一郎后来怎么样了？"亮介顺便问了一句。

"利一郎？现在已经继承家业当了老板，卖力做生意呢。他和那个艺伎也分了手，又找了个老婆，还当上了镇上的议员。这么看来，只能说是他前妻的运气不好。"

亮介和小田分开后，坐上了开往新宿的列车。

透过回程列车的车窗，他特地留意了一下茅野这个地方。这不是一个在他印象中古老、没有活力的地方。在这里能看到很多巨大的屋顶。亮介猜想，其中一户可能就是高崎屋。他甚至想象了一下那个明信片上的少女曾经在里面生活的模样。茅野站的站台上还能看到堆放着的、用来出货的寒天。

"运气不好。"

小田的这句话萦绕在亮介的耳边。

八岳连绵的轮廓渐渐消失，列车开下高原，进入甲府盆地。亮介朝窗外看去，K村的附近就像一片小树林。傍晚将至，八合目以上，低矮的富士山顶挂着一抹淡红色的斜阳。

一周后，亮介的办公桌上放着一封落款为"诹访通讯部小田"的明信片：

"前几天承蒙关照。高崎利一郎的前妻在静冈市××町一家名叫'角屋'的日式料理店做服务员。但这是四年前的消息，现在不知道她是否还在。"

亮介把料理店的地址记在记事簿上。写着写着，他突然有一股冲动，想去趟静冈。要是能见到惠美子就好了。那里只是料理屋，自己扮成客人过去，应该很容易见到。若能与明信片上的少女相见，自己一定会非常愉快。亮介对此极为心动。然而，他又转念一想，不能专程过去，毕竟从东京到静冈需要乘四个小时的火车，这样的举动实在有些疯狂。而且就像小田在明信片上写的那样，没人知道她现在是否还在那里。

不过，想知道她现状的情愫依然在亮介心中挥之不去。

几天后，亮介想到，报社驻静冈分社也有朋友，于是写了封信给朋友托其帮忙确认。因为心神太乱，他甚至错把平信装进了用来寄原稿的大信封里。

又过了十天，静冈的朋友给他回信，用铅笔潦草地写在草稿纸上：

你问的那个女人不在"角屋"。据了解，她在"角屋"工作的时候用的是"澄江"这个名字。都说她人很美，但只做了一年半就辞职了，就在四年前。辞职的理由是被客人看上，带去冈山。那客人是冈山的果树园主。当然，她过去只是做妾，据说已经生了个女儿。她给朋友寄信时留的地址为：冈山市××町须藤方冈村惠美子……

○

"那你后来又写信去冈山打听了吗？"一位前辈看着小谷亮介的脸问。刚刚到达九州分社上任的小谷亮介眯着细长的双眼抽着烟。从他们所在的河豚料理店透过窗户可以看到关门海峡的冬日海景，耳边还不断响着起重机作业的轰隆声。

"是的。"小谷亮介把烟屁股掐到烟灰缸里，点点头说。"她已经不在那里了吧？"

"嗯。"

前辈看到小谷亮介的回答和自己预想的一样，不由得微微一笑："这回她去哪里了？"

"四国的松山。"

"原来如此，过了濑户内海啊。又有新男人了吧？"

"是的，"小谷亮介一脸认真地说道，"她和一个年轻的销售员好上了。惠美子是怀着孕跟了那个果树园主的，但果树园主不承认孩子是他的，最后把她赶走了。之后，她和新的丈夫回了丈夫的老家松山，一起经营一家小杂货铺……"

"你和松山分社也联系过了吧？"

"是的，"小谷亮介完全没有笑容，"我以为这一次她终于抓住了幸福，去打听只是为了确认一下。结果却了解到那家杂货铺两年前已经倒闭，惠美子已经不在那里。"

"真遗憾，"前辈说，"这次降临到她身上的又是何种命运？"

"她丈夫死了，"小谷亮介说，"据说是肺病，卧床很久。惠美子一个人干活养家。丈夫死后，丈夫的父亲和哥哥把店抢了过去，还把惠美子赶出家门。她带着女儿去了山口县一个叫柳井的地方。"

"她为什么会去那里？"

"她丈夫的父亲找不到说得过去的理由把她赶走，就硬把她塞给了在柳井的朋友当续弦，双方年龄相差了将近三十岁。事先还宣称对方是卖鱼的大老板。"

"事实上呢？"

"虽然是卖鱼的，但只是个挑担的小摊贩。住的地方是找很久都未必找得到的角落，一共只有六张榻榻米大小的破板房。柳井那地方有很多白墙内的大户人家，倒映在水中，看起来特别古色古香，有韵味。但惠美子住的地方与之相比根本算不上一个家，只是一间路边的小破屋。"

"你居然还去柳井打听了？"前辈瞪大了眼。

"去了，就在调任来这里的途中。我乘火车在柳井站下车，过去看了看。"小谷亮介回答道。

"你来真的啊？那故事的结局呢？在那里，你终于见到了明信片上的少女？"

"没有。"

"怎么回事？错过了吗？人生难免不如意。这次她又辗转到哪里去了？"

"她自杀了。"小谷亮介垂下眼帘说。

"啊！"朋友赶紧把烟放下，看着亮介问，"怎么回事？"

"她的丈夫是个六十多岁的老头，又懒又嗜酒。听周围的人说，惠美子每天很早起来出去卖鱼，挑着担子走五六里山路，跑遍山里的各个村子。她丈夫自从惠美子嫁进来就没干过一天的活儿，每天游手好闲。如果只是这样，倒也算了。但问题是他还好赌，把惠美子赚的辛苦钱全都抢走，拿去赌博。弄得他们家一贫如洗，到最后连买鱼入货的本金都没了。但上家似乎很好说话，让他们先把鱼拿去卖，说就当是借给他们的。其实是上家那老头子看上了惠美子。这事儿传到上家老婆的耳朵里之后，那老婆就冲到惠美子家，对她百般羞辱。惠美子的丈夫听说了，也嫉妒得不得了，每晚都揍她。惠美子整天肿着一张脸。"

"太可怜了，"前辈叹着气说，"她不能逃走吗？"

"逃走了她就有好日子过？"小谷亮介用抗议的眼神看着前辈，"她失去了活下去的希望和力量。那天早上，她选择了卧轨。据说就在去年冬天。"

前辈皱着眉头不发一言。

"但我还是去了那片土地，见到了明信片上的少女！"小谷亮介突然说。

"什么意思？"前辈抬起眼来。

"惠美子留下一个女儿，四岁左右，一个人站在附近的仓库前。别人告诉我，她就是惠美子的女儿。"

"她女儿和明信片上的少女一模一样？"

"是的。"小谷亮介从口袋里掏出一张照片和一张旧明信片。照片是他自己拍的，白色的仓库前站着一个穿着粗衣的小女孩。而那张已经褪色的、皱巴巴的明信片上，则是以貌似低矮的富士山为背景，在寂寞的村庄小道上站着一名穿着短款和服的少女。

"怎么样？是不是很像？"

虽然小谷这么说，但前辈并不这么觉得。

"这故事可以写成小说吧？"

前辈虽然是记者，但同时也写小说。

"不可以吧。"前辈把照片和明信片还到小谷亮介的手里，喃喃地说道。

（原载于《每日特别号周刊》，昭和三十四年一月号）

大臣之恋

一

布施英造在筑地的高级料亭接到了一个值得此生纪念的好消息。

受邀出席的是三位实业家,招待方的理由说是叙旧,但并没有什么特别的事宜。就连那些经验丰富的年长艺伎,听到他们脸不红心不跳地讲黄段子时,也只能尴尬地在一旁陪笑。这种时候,布施英造总能忍住不笑。他最擅长的就是一本正经地讲黄段子。"听众"也都知道他好这口,会殷勤地为他陪上笑脸。特别是今晚的三个实业家,他们有义务不停地陪起笑脸,关键时刻还得放声大笑。

这时,一名服务员拉开移门进来,说有人打电话找布施。这是一家高级料亭,每个房间都有分机。但正因为是高级场所,他们会考虑到客人可能不想让同席的人听到通话内容,特别是机密内容,所以不会不禀报一声就把电话接到房间里来。日本最有权力政党的党魁布施英造之所以会经常关照这家店的生意，正是因为这家店的老板娘在细节上考虑得很周全。

来到账房旁边的一间小屋，老板娘正握着听话筒在等布施。见布施进来，她的眼神中泛起一股媚态。

"是冈村先生打来的。"

布施点了点头，接过听话筒，上面还残留着老板娘的体温。布施用手指玩味着这种残留的体温。老板娘微微鞠了一躬，转身离开。

"喂，是布施老师吗？"对方听到布施的声音后确认道。说话人的声音压得比较低，但听起来仍很浑厚。那是布施秘书的声音。

"是我。"

"刚才总理来电话了，说有急事想见您，希望您尽快去总理府。"秘书似乎事不关己，声音里没有任何情绪。

"知道了。我现在直接过去。"布施好像受到传染似的，也毫无情绪地回答。然后慢慢地放下听筒，发了一会儿呆。

来到走廊上，他的内心才开始蠢蠢欲动。他告诉自己要冷静，还特地放慢脚步，但自己的双脚已经不听使唤地开始跳起滑步了。

回到屋内，布施觉得自己看到的三位实业家都变样了,仿佛自己的视觉焕然一新。但他仍装作什么事都没发生,接过其中一位实业家递给他的酒杯,然后以缓慢的动作看看手表,徐徐地说:"真的很抱歉,刚才总理来电话叫我过去。"

听到这句话,三位实业家的脸上全都掠过一抹惊异。"总理?!"其中一位忍不住大叫出声。

"所以说……"另一位也叫道。

三个人的醉眼中都闪烁着同样的光芒。此刻,艺伎们都闭上了嘴。

这几天,报上一直在报道内阁改组的事。实业家们重新端坐:"布施老师,恭喜您!""新大臣!恭喜您!"

三人想要马上干杯庆祝,布施却摆摆手说:"别那么着急。我还没听见总理对我说呢。"

他的这番话说得很有威严,也很谨慎。与十几分钟前不害臊地讲黄段子时的模样相比,完全看不出是同一个人。

料亭上下,所有人员都在门口欢送布施。老板娘还用手帕擦着眼角,哭着说真是太好了。布施佩服老板娘很懂审时度势,他觉得这样很优秀。

布施英造坐在平稳驾驶着的汽车内,看着车窗两侧流动的繁华灯景,脑子里突然闪过园田邦子的模样。事到如今，这个女人与自己已经毫无瓜葛。

布施觉得是因为自己太过喜悦，所以反而不能把精神集中在核心问题上。

二

内阁改组后，更换了三名大臣。近来大家都在批判大臣的水准有所下降，本应响当当有作为的人物都成了没用的芝麻小粒，特别是这次改组，全无新意。但报上仍登了不少诸如《侧写大臣》或《素描大臣》的文章。

关于不具体分管某部门的无任所国务大臣布施英造，除了常规的履历，各大报纸还一致认为，他这次之所以能成功上位，是因为他长期眼看着那些在政党内吃冷饭的同僚一个个进了内阁，因而卧薪尝胆、忍辱负重的成果。虽然不是太有手腕，却是党内屈指可数的雄辩家。

这天早上，布施看着秘书送来的报纸上那些"不是太有手腕"之类的说法，觉得这不过是一种修辞。毕竟报纸总要考虑到报道的话题性，所以会用这些故意让人生气的字眼，自己可以选择无视。昨天下午举行了正式的交接仪式，当时那份昂然的感觉至今仍在他的心头摇荡。他觉得没必要为报章用词这种无聊的小事劳神。

重要的是"雄辩家"这一点，对他来说非常有价值。他本来就在这方面很有自信。外界能这么认可他，让他心满意足。

在国会进行提问演讲时，他常被起用为党代表发言人。在那种场合下，他可以按照自己的喜好，把普通的提问演绎得如演讲般激情澎湃。不过，他的那种表达方式并不适用在委员会或分科大会时的一问一答，也不适合用在与政府官员进行交涉的时候。换言之，这也从一个侧面证明了他在那方面的确欠缺考虑。相反，如果是面对广大听众，他的演讲就很有感染力。他的遣词造句、举手投足皆能让众多听者为之倾倒，该笑的时候就让大家笑，该拍手的时候就让大家拍手，一擒一纵，张弛有道。他确实有这种本事。

因此在党内，大家都当他是宝贝，需要去地方上拉票或靠演讲寻求支持的时候马上会想到他。电视、广播的讨论会也常请他参加。特别是在这种时候，他的能言善辩经常让主持人感到头疼。他还常常对反对意见嗤之以鼻，嘲弄地予以反驳。

布施英造以其雄辩术赢得了知名度。上任前，他也并非沉默的无名之辈。所以他当上新的国务大臣时，不会让人有太强烈的唐突感。

昨天，他收到了大量的祝贺信，寄件人中有很多陌生的名字。这些信不仅来自他的选区，还有他只去过一次进行拉票而结缘的地方，很多不认识的人都给他发来了贺信。

"看来我还蛮有人气嘛。"布施看着一封封的贺信说。

其中特别惹眼的是那些突然自称是他老友的人寄来的信。当然，他光看名字就知道最多只是有过一面之缘的人。自称是他老友，不知是寄信人真的那么以为，还是为了和他套近乎。

很久以前有个叫野田的政界人士，刚就任大臣时，别人问他感想如何，他回答说："和上任前没什么两样，只是无缘无故多了很多亲戚。"记得这番话的布施现在也不由得感慨道："那时候听别人讲，觉得是梦话，没想到现在真的发生在自己身上。我也总算熬出头了。"

这段时间里，每天都有贺信送到。布施将每一封都认真看过。但渐渐地，他开始对这些贺信失去了兴趣。他自己也很讶异，明明感动并没有减少，但为什么就没理由地不感兴趣了呢？

他对自己说，也许是看得太多，有点儿腻了。或许是因为那些贺信每一封都差不多，让他产生了空虚感。

但仅有这些理由还不足以解释问题所在。他隐约感到有一种难以言表的不满。

这天早上，布施乘坐的克莱斯勒停在日比谷的交叉路口等红灯。就在这短短几秒间，他突然想到了那个理由。

"对了，园田邦子还什么都没对我说！"他不由得脱口而出。司机以为他有吩咐，毕恭毕敬地回头看着他。

三

自己家和办公室都没有收到园田的来信。

布施英造开完会，回到办公室后叫来秘书冈村。

"有没有一个叫园田邦子的人寄给我的信？不对，她的姓氏应该已经变了，但名字应该叫邦子。"

"没见过。"

"如果看到这个人写来的信，马上拿给我看。姓氏可能已经变了，原来是叫园田邦子。"

"好的。"秘书冈村拿出记事簿，把名字记录下来，丝毫没有表现出想要打听的好奇模样。冈村鼻梁高挺，总是一副冷淡的表情。第二天，冈村把整理过的来信交给布施，里面依然没有园田的来信。布施把必须查看的信件放在桌上之后，把那些单纯表示祝贺的信全都扔进了纸篓。从这天起，他的失望开始了。

第三天、第四天……依旧没有布施期盼的来信。上任至今已经有一段时日，表示祝贺的来信越来越少，大部分都是工作信件。

园田不可能不来信。

他本想让冈村再确认一下，但想想还是作罢。这个能干的秘书不可能看漏信件，吩咐过他的事情，无论一件两件还是三件四件，他都能非常可靠地完成任务。虽然因能力出众而自视甚高，但作为秘书可谓无可挑剔。布施不想因为自己多过问关于信件的事情而让他觉得自己在怀疑他的能力。

布施这种无处可逃的焦躁，随着每天早上看不到想看的信件导致的失望而与日俱增。

几个秘书在背地里悄悄议论。

"最近老爷子好像莫名其妙地心神不宁。"一个人说道。

冈村薄薄的嘴唇上挂着一丝颇有玄机的微笑，反问道："你们知道一个名叫园田邦子的女人吗？"

"不知道。怎么了？是老爷子的新欢？"

"不知道。只是想问问。"

"到底怎么回事啊？肯定有故事。"

"还不知道，等弄清楚了会说的。"冈村说着，逃似的转身离开。其实他也不是很清楚。这个非常机智的男人听到布施口中突然冒出"园田邦子"这个名字后，不可能不上心。他每次整理写给大臣的信件时都会仔细寻找园田邦子的名字。失望的滋味，秘书冈村也是每天都在经历，虽然程度与布施有所不同。

然而，冈村有一个属于自己的"小乐子"，就是把信拿给布施时观察其表情。信件大体可以分为工作信件和私人信件。工作信件会由冈村先拆封，将其能力范围内可以处理的事情直接处理掉。私人信件则在不拆封的状态下交给布施。

布施每次都是伸手先去拿私人信件，翻过来看写在信封背面的寄信人名字。然后双肩垂下，露出希望再次落空的神情。冈村喜欢暗中观察布施的表情变化，就像在背地里做小动作一样，有种偷着乐的感觉。

秘书也很想知道园田邦子究竟是何许人，但没有任何线索，即使着急想知道也没有任何办法。而且他有些不屑地觉得，布施很快就会告诉自己。

四

对布施英造而言，园田邦子的身影几次三番地掠过心头，就像天空里的云翳那样无常、脆弱，永远匆匆而去。云翳这种形容也许有些过于暗淡。西洋的宗教画中，几道斜射光线穿过云层，洒向人间——这种比喻也许更适合形容布施此刻的心情。

一把年纪还在思念四十年前分手的少女，这事儿实在有些难为情。但布施不这么想。他思念她，就像思念故乡清洌的泉水。他的身边一直女人不断，朋友们也都说他放荡不羁，但他自己知道她不一样。

随着他的仕途不断上升——这也是他所希望拥有的出人头地——他的名字被越来越多的人知晓。他相信，总有一天，园田邦子会再次向他抛来缘分的丝带。

她一定会来信。

正是因为有了这种信念，他才不断激励自己更上一层楼。虽然这话听起来有点虚伪，但事实上，这的确是他努力的动机之一。如今，他的仕途到达了"大臣"这样一个至高的位置。

她不可能没在报上看到自己的名字。

现在，早已过了可能发来贺信的时段。如果要来信，刚当上大臣那会儿就该来。

为什么？难道是自己一厢情愿？

布施依然不愿放弃。这是他长年累月筑建起来的信仰，不可能轻易放弃。

这天，在国会开会的时候，一个灵感突然掠过他的脑海。当时，财政大臣正在发言，谈的是金融问题，根据日本银行总裁提交的资料举出具体数字进行说明。布施就是在这时候突然想到的。

——到现在还不来信，莫非已经过世？

这四十年来，自己一直健健康康的，所以从未考虑过对方的身体状况。布施突然觉得自己好蠢。

回到办公室，布施立刻叫来秘书冈村。冈村像只猫一样不声不响地走进大臣办公室。

"我说，你写。"

"好的。"

冈村立刻拿起记事簿。

"福冈县远贺郡——遥远的远，祝贺的贺——远贺郡土井村。你帮我联系一下当地政府，查一下园田邦子的户籍情况，确认一下本人是否在世。如果在世，查一下她现在的住址。"

"好的。"冈村带着清水般毫无兴趣的表情离开办公室。

小心翼翼关上门的那一刻，他的脸上不由得露出一丝窃笑。走廊里，他遇到一名副官。

"看你一脸高兴，有什么好事呀？"副官朝冈村手里的记事簿看去。

冈村笑着把记事簿给副官看。

"福冈县远贺郡——园田邦子?这是什么?"副官问。

"没什么。"冈村边笑边走开。

三周后,冈村收到了当地政府寄来的调查结果。

"园田邦子——健在,已婚。丈夫为绫部初太郎。现居直方市殿町。绫部为杂货商。"

这就是调查结果的主要内容。冈村饶有兴致地抄写下来。

五

四十年前。

布施英造刚毕业,在门司的税务局工作。他每天从事务所的窗口百无聊赖地看着在海峡进进出出的外国船只。那些像西点一样刷成漂亮颜色的外国船只的烟囱总是一下子就吸引住他。现在想来,那也许是已逝青春的象征。

当时,园田和男是布施的同事。因为年纪相仿,所以两人很合得来。但不到半年,园田就因病回了老家。

布施找了一个休息日，来到园田的老家看望他。从门司向西，乘两个小时的火车可以到达海岸，远贺郡土井村就在这里。

园田家本来是打鱼的。这个渔村里的房屋为了抵抗海边的狂风，每一户都造得非常结实，其中属园田家的特别气派。

园田和男在虽然宽敞却很阴暗的房间里一直躺着。见布施来看望自己，激动得热泪盈眶。他的父母也都非常欢迎布施的到来。而让布施怦然心动的，则是和男的妹妹园田邦子。

那一年，布施二十四岁，邦子十八岁。她个子高挑，眼睛特别美丽，嘴角紧致，眉毛稍稍扬起，这些都是布施最喜欢的长相。

之后，布施每个月都会抽两个周日去看园田。他其实很想每个周日都去，但又怕自己跑得太勤，被对方看穿心思，所以有些胆怯。

他曾和邦子漫步海边。海水深邃美丽，海浪却很肆意。远远的，能望见大海里的一座小岛。

因为和男身体不佳，不能走太久，所以总在半路折返，剩下布施和邦子两人走到很远处。一边是令人心惊胆战的悬崖，另一边则是诸多岩石组成的荒礁。在这条白色的长路上，只偶尔有渔民夫妇路过，对布施来说是一段无比愉悦的路程。

那片海域流传着一个关于沉钟的传说。有人说是在神功皇后时期，也有人说是在丰臣秀吉时代，总之有一口巨大的、寺院里的钟从朝鲜运至日本。不幸的是，就在近海处，装载着大钟的船翻了，大钟也随之沉入海底。当时的黑田领主曾下令用绳子打捞大钟，但绳子被拉断。于是他找来领地内的女人，用她们的头发拧成长绳，但结果没能捞起大钟。

邦子热心地向布施讲述这个古老的传说，还说若在天晴的时候从船上往海里看，仍能看到大钟模样的东西。

邦子的脸颊微微泛红，皮肤上的绒毛闪着光辉，像新鲜的水蜜桃。

太阳渐渐落入远山，潮水的味道越发浓郁。乌鸦飞离断崖上的松林，在低空徘徊。当年的布施还不知道接吻是何种滋味，他只是握着少女的手，抚弄着她的手指。

他们来到一块岩石背后。海浪击打着岩石，溅起了阵阵白沫。邦子朝后退了一步，布施一把抱住她的肩膀。少女羞红了脸，却并没有选择离开。

又过了很久，他们才彼此告白说喜欢对方。但即使喜欢也没有怎样，当年的布施还不懂女人。就算他爱邦子，也不知道该如何去爱，就像个孩子面对从没见过的饕餮大餐，不知所措。光是把少女的肩揽在怀中就已经让他热血沸腾、心满意足。

没过多久，布施失去了去邦子家的理由。因为邦子的哥哥死了。田园和男患的是一种叫"奔马痨"的肺结核，突然恶化，说走就走。

得到消息的布施赶紧请假来到园田家。园田和男的遗骸被土葬于能一览整片海滩的松林墓地中。参加葬礼的邦子按照当时的风俗，头上裹着白布。在布施眼里，她就像跳舞的雪女妖那般美丽。第二天，他和邦子来到了他们常去的那条夹在断崖与岩石间的小路上。秋天的海面在阳光下显得平静温和，他们在路边的岩石上坐下。一想到此后再也不能相见，布施的心中悲哀不已。

"你一定要出人头地。你一定会出人头地，"少女娓娓道来，"我会在某个地方关注你。无论是十年、二十年还是三十年。等到你飞黄腾达的那一天，我一定会写信向你祝贺——所以，请你一定要出人头地！"

少女认真的眼神中闪着亮光。

六

迄今为止，布施身边出现过很多女人。说他像一只流连花丛的蜜蜂一点都不为过。放荡不羁，无赖好色，他早已没了四十年前的纯情。说完全没有，可能有些过分。现在的他依然在心中小心翼翼地呵护着四十年前那段在断崖与岩石之间的小路上编织的爱的物语。他甚至觉得如果没有那段美好的记忆，那么无论过上怎样优越的生活，自己的人生都是荒芜一片。不把女人当女人、猥琐之事在心中闹腾的时候，只要突然想到她，他就会瞬间产生出一种如在仰望冬日清澈长空般的清冽之感。

以前，当他还是一省之长的时候，曾在某次宴席上听某位部下吟唱过牧水[①]的和歌：

日照下
山靓海美
君之唇
可否予我

[①] 若山牧水（1885—1928），日本和歌作家，擅长描写自然景色，对后世日本的诗歌创作产生了深远的影响。主要作品有《海之声》等。

布施当时听得很感动，马上拿笔记录下来。这首和歌让他想到了当时的风景——照在海面上的阳光，微风吹拂的断崖松林，一名少女挽着他的臂膀，靠在他的怀里。那遥远的、淡淡的情怀时至今日依然令他心动不已。牧水的和歌引发了布施的感伤，让他的感情仿佛马上就会喷涌而出。

之后，他特地去学唱和歌，还在一次宴席上拿出来咏唱。他人听来，肯定不会有和他一样的感触，为他喝彩只是因为他的领导身份，而陪席的艺伎们也只是陪笑或不以为然。

之后，他再也没在人前吟唱过这首和歌。只有在深夜无人的小路上偶尔唱唱，以慰心头寂寞。再后来，年纪大的人唱那种小情歌似的和歌已经不太合适，而且太过投入感情地吟唱也与他的身份、年龄不相称。所以这段回忆渐渐孤独地沉入他的心底。

布施永远不会忘记邦子说过的话：

"等到你飞黄腾达的那一天，我一定会写信向你祝贺。"

他连她当时说话时认真的表情都仍记得清清楚楚。虽然他并不是因为信了这句话才努力奋进到今日，但事实上，每晋升到一个高度，他都会期待邦子来信。但每次她都没有来信，只给他留下失望。现在他已经当上了大臣，这是他晋升的极限。她不是说过会在某处关注自己吗？难道她还在奢求自己继续晋升？

布施的记事簿里夹着一张便条。"福冈县直方市殿町绫部初太郎妻邦子"。这一行字就像是他四十年岁月流逝之结晶。

一天，他打开记事簿时，这张便条掉了出来。艺伎迅速捡起，当笑话一样念了出来。虽然这是常有的事，但那天，布施忍不住出手打了那个艺伎。艺伎完全不知道为何突然被打。

布施确认邦子仍活在人世，已经觉得是一种幸福。同时，他内心对邦子的想念与日俱增。

七

这年六月，议会结束，坊间疯传到了秋天就将重选。

执政党为了扩张势力，在全国展开拉票活动，现任大臣齐齐出动。布施被派往九州。

党内决定在小仓、福冈、长崎、佐贺、鹿儿岛这几个地方召开党支部大会，并举办演讲拉票活动。

当干事长把这份行程交给布施时，他提出了异议。

"怎么没有直方？应该把直方也列进去。"

干事长一脸错愕地问："直方有什么选票？在福冈做一场就够了吧。"

"直方是筑丰煤田的中心，有很多选票可以拉。不能让反对党钻了空子。"

于是，干事长紧急调整行程，把直方列入其中。几天后，干事长遇到布施的秘书冈村。

"干事长，你知道大臣为何一定要去直方吗？"冈村笑着问。"我也觉得奇怪。果然有故事？"干事长好奇地问。

"等我从九州回来后再和你说。"

冈村兴致勃勃。他觉得虽然现在还不清楚，但等到了九州，见到园田邦子后，就能知道她究竟是何方神圣。

刚刚入夏，正当怡人季节。国务大臣布施一行眺望着窗外的新绿风景，一路西下。

第一站是小仓。因为布施是现任大臣，又是雄辩家，所以前来礼堂听他演讲的听众人满为患，很多人只能挤在窗口下，连外面的广场上都聚满了人。

布施非常自信，觉得胸中有一股昂然的激情，一字一句都有着独特的风格，全体听众都颇受感染，时而欢笑，时而拍手，一切都在布施的掌控之中。布施站在讲台上放眼望去，将近两千人的听众正如痴如醉地听自己讲话。演讲结束，场内响起了仿佛能撼动整座建筑物般的掌声与喝彩。

专车把布施一行人带到市内某家一流的料亭，市长亲自主持慰劳宴。

"大臣的演讲真是太精彩了！"

"大臣的演讲绝对是日本第一！之前只是有所耳闻，今天亲眼所见，实在佩服得五体投地。"

朝布施所坐的主宾席发出的溢美之词不绝于耳。"大臣的演讲真的让我非常感动！"

"大臣的演讲实在太棒了！"

布施英造没有接这些溜须拍马的话茬儿，转而与一旁的市长聊起高尔夫。布施很想努力聆听市长讲述自己去东京的时候在川奈的故事，但他的耳朵里依旧不断地涌入对他演讲的赞美声。

布施一边对市长点头一边说自己对今天的表现也很满意，但他此刻心里正在盘算——明天就要去直方，应该能表现得更好。自己今天之所以表现得那么好，完全是因为想着明天能在直方见到园田邦子，所以状态飙到了顶峰。同意来九州演讲拉票，还把直方列入行程，就是因为想见邦子。邦子就在自己明天要去的直方市殿町。一想到明天,他就备感期待。明天见到邦子,一定要问她信的事,还要告诉她,自己从没忘记四十年前她对自己说过飞黄腾达之后会寄信祝贺的话,自己一直都在等待这一刻的到来,想要对邦子说,能有今天都是托了她的福。那句话一直不断地激励着自己。不行,这么说可能有点虚伪。没关系。自己是大臣,怎么说都行,甚至可以不打招呼突然去见她,给她一个惊喜。那样最好,彼此都会特别感动。不带外人,只是自己单独行动。对了,明天得找个时间……

正当他思考这些的时候,突然响起了三味线的琴声,当地的艺伎在金屏风前跳起了《黑田节》①舞蹈。

布施使了个眼色,把坐在一旁的冈村叫到身边。冈村猫着身子凑了过来。

"明天给我抽出一个小时。"布施轻声对冈村说。

第二天,冈村刚醒,就听到布施在隔壁低声咏唱和歌。这说明他的心情非常好。

冈村迅速起身准备,并从掌柜那里拿来了当天要给布施看的所有报纸。

每份报纸的社会版头条都是关于国务大臣布施昨日

---

① 福冈县的民谣。

演讲的报道。冈村浏览着这些报道，突然，视线下移，看到一小段文字。再定睛看了一下标题，不由得大吃一惊。

　　白发老翁持刀刺伤发妻——×日下午八点半，直方市殿町杂货商绫部初太郎（六十五岁）与妻子邦子（五十九岁）发生激烈争吵，初太郎用厨房菜刀多次刺向邦子，导致后者全身多处受伤。初太郎已被直方市警方逮捕。邦子被送往市立医院救治，已无生命危险。据悉，吵架原因是邦子有外遇，导致初太郎心生嫉妒。

　　秘书冈村的内心一瞬间交织着错愕与欢愉。他其实很想用一支红笔把标题圈出来拿去给布施看。当然，他不会真的那么做，但他把印有这篇报道的那一版面放在最上方，然后和其他报纸一起拿给布施。

　　到了直方市，布施英造始终郁郁寡欢。他默默地走着既定的流程，全程就像一块石头。当然，他也没有实施任何单独行动。

　　大家对国务大臣当天的演说给予了近年来罕有的差评。

　　（原载于《朝日周刊别册》，昭和二十九年四月号）

金色日环食

一

石内走上了上野的坡道。

初夏，强烈的阳光灼烧着地面。枝叶茂密的小树林里有人在休憩，每个人看起来都疲惫不堪，四肢无力。重要的背包放在一旁，里面装的几乎都是食物。这是一九四八年的五月。

石内朝科学博物馆走去。报社一般会派车，但为了今天这种没有时效的报道，他只能慢吞吞地坐电车来。

石内来到科学博物馆这栋建筑物附近，看到建筑后方人头攒动。今天这里临时搭建了日食报告会的会场，来的大多是上了年纪的人，每个人的肩上都挂着一只包，包里装的估计是便当。石内朝周围扫了一眼，没看到其他报社的人，估计是觉得今天的日食报告会太无聊，所以其他报社没什么采访欲望。

石内却是自两三天前就盼着今天。

几天前，他遇见天文台台长末田博士，博士意味深长地笑着对他说:"这次的日食报告会一定很有意思。"

石内问有意思在哪里,末田博士笑而不答。但很快,石内灵光一闪地猜到了答案。

当年三月,石内曾去北海道的离岛 R 岛采访当地金色日环食的观测情况,就是从那个时候开始和末田博士打交道的。博士刚才充满暗示性的话语,加上之前在北海道的经历,让他一下子想到了理由。

为了报道 R 岛的观测情况,报社方面提前几个月就开始着手准备,因为那是当时大家热议的大事。

当时的日食是一九三六年以来的第四次。与之前的三次日全食不同,这次是有一圈金边留在外部的金色日环食。在地球上能观测到这种天象的地区除了印度洋、南部诸岛外的太平洋、北海地区以及北美西部等地,日本海正好处在可观测范围内。而且这次金色日环食的可观测时间只有不到两秒。中心食带的幅度非常窄,只有1.2 公里左右。这条食带的中心移动顺序依次为:十点左右经过曼谷附近,十一点左右到达上海,十二点经过北海道的东北海上。

为了做好这次金色日环食的观测,天文台前一年就派出两名技术人员前去踩点。因为是战后的第三年,大部分民众还在为温饱奔走,报社希望通过对天体观测的大力报道，缓解民众的不安情绪。这是各大媒体共同的考虑。为了这次在三月举办的观测大会，各大报社都派出特派通讯员前往R岛，记者、摄影师、发报员，甚至有人把摩托车带去，以备万一。各大媒体对这次报道可谓全力投入。在观测日前夕，只有数平方公里大的北海孤岛一下子拥入数百号来自内地的日本媒体，还有美国媒体，场面一度非常混乱。

石内受报社委派，在观测日的前一周来到R岛。他在背包里装满大米和甘薯，坐上拥挤不堪的列车，花费五天时间，终于来到北海道的稚内[1]。

从稚内到R岛只能乘坐超小引擎的小船，因为风浪太大，不得不数度返回稚内。

R岛面积狭小且多山。全岛只有一家邮局，这家邮局里唯一的一台电信机成了各大报社争抢的宝贝。经过商议，大家排队、计时地共同使用。诸如此类的杂事也让石内在R岛的工作变得繁琐不堪。

石内到达之前，为了掌握一些预备知识，向天文台的人请教过一番。当时，天文台的台长末田博士是观测总指挥。石内对天文一窍不通，从东京出发前稍微了解

---

[1] 北海道最北端的港湾城市，位于日本海与鄂霍茨克海之间。

过一些基础常识，但来到现场听学者们一开口，才发现自己临时抱佛脚的那些连皮毛都算不上。

除了以天文台为中心的日本观测队，还有虽包括日本技术队却以美国为主体的日美共同观测队。日本方面的观测小屋位于小岛以南的半山腰，石内至今难忘从那里眺望到的景色。

远处朦胧的波浪尽头，利尻富士①好似从云上淡淡出现。海上捕捞鲱鱼的渔船来来往往，能看到张开的捕鱼网上小小的黑色点状浮标。更前方还能看到监测船，就像在海上掷的铅块，一动不动。岸边晒鱼的竹竿阵像树林，一根根竹竿直立着。低矮的渔村屋檐挤在一处。观测小屋一旁尚有积雪，从雪下冒出青绿的嫩芽。

美国方面的观测队离这里比较远。与日本队的简易小屋相比，对方的就像是用来避暑的度假屋，青色外墙看起来特别气派，那颜色在黑色山丘上斑驳的积雪间显得特别惹眼。

石内多次听学者们提到，这次日食带的幅度非常窄。本来应该以这条日食带为中心选择观测点，但日本的观测队与美国的观测队在南北向相距太远，连作为外

---

① 位于稚内市西方海面上的利尻岛，其东半部行政区为利尻富士町，西半部为利尻町。

行人的石内都不免有些忐忑不安。

石内向末田博士咨询了这件事。博士只是暧昧地笑着说了一句:"这个嘛,大家各有各的想法。"

东西向的日食带宽幅仅为1.2公里,换言之,其中心点,也就是中央部分只有六百米左右的宽幅。就目测而言,如果说日本的观测队位于中心地带,那么美国的观测队则完全处于食带外缘。相反,如果说美国方面观测屋的位置处于食带中心,那么日本观测队就位于了食带外缘。

令石内觉得奇怪的还不止这种地形上的问题。日美双方在观测时间上也各有不同。他曾向末田博士求证,博士依然只回答说大家各有想法。在石内看来,无论是地点还是时间,两支队伍的观测计算结果将存在明显的差异。

除了末田博士本人,石内还去找了他的几名年轻的助手询问同样的问题。

"没错,确实如此,"其中一人回答石内说,"我们天文台有一位妹尾先生,他一直负责天体运行的计算工作。根据他的计算,正确的观测位置应该就在这里。他的依据是按照恒星藏在月亮背后,即我们称之为遮蔽观测的以往数据。换言之,为了预报这次日食的正确时间，他系统地整理了日本和国外每次遮蔽观测的以往数据，并发现了其中的差异。对于产生这种差异的原因，妹尾先生认为是由日本的垂直线偏差造成的。"

这些术语让石内听得云里雾里。

"简单来说，"年轻的助手解释道，"日本地图存在偏差。如果没有发现这个问题，我们就会选择与美国观测队相同的位置。"

"美国方面不认可妹尾先生的观点？"

"不是认不认可的问题，他们有他们的计算方式。"说到这里，年轻人开始含糊其辞。石内从这名年轻学生的嘴角看到了"美国正占领着日本"的自觉意识。

在天文学面前，石内就是个孩子。所以他也不确定自己对这番听来的话到底理解了几分，但他对日美之间的计算差异很感兴趣。石内猜想末田博士说的那句"大家各有各的想法"，实为暗示双方的主张存在差异，进行过多番激烈的争论。

石内自从受命报道这次观测以来，经常拜访位于郊外的天文台。天文台的古老建筑被武藏野风格的杂木林包围。石内想起这座天文台某个狭小的房间一角有一位弓背伏案的老人，他就是妹尾博士。

妹尾博士已经快退休，称他老人一点都不为过。秃了顶的白发耷拉在后脑勺，毫无风采可言，而且终日沉默寡言，看起来性格应该很顽固。

美国方面的观测队一定也派了优秀的科学家来到R岛。然而，日本方面没有听从美国观测队的主张，而是选择相信宛如黑漆漆老古董般的妹尾博士的计算结果。这让石内非常感动。

做完了各项准备工作，在观测日之前，石内几乎无事可做。他在作为临时宿舍的R岛唯一一家杂货铺的二楼和同事们打打麻将，下下象棋。比起日食观测是否成功，他更在意妹尾博士的计算结果是否准确。

二

日食观测非常成功。

这天早上多云，大家刚开始还有点儿担心，但日食开始前一个小时天色放晴了。在观测小屋内，所有技术人员准备就绪，等待太阳变缺的时刻。当时日本观测队所使用的是五米长望远镜。因为资金匮乏，天文台的工作人员从确定日食观测日的一年前就煞费苦心地到处筹措设备。相形之下，美国观测队使用的是精巧的新式短筒设备。就装备而言，日本观测队显得非常寒碜。

石内在观测小屋附近举着涂了墨的玻璃片关注着太阳渐渐变缺、周围的光线逐渐变弱、形成略带红色、宛如黄昏的景象,感觉那其实是一种非常缓慢的变暗过程。石内甚至觉得连眼前辽阔的大海也被染成了红色。

石内看着玻璃片中白色的圆圈渐渐被侵蚀。他希望把每一刻的印象都写进报道,所以眼睛眨都不眨一下。金色日环食的状态只保持了短短不到两秒的时间,他觉得自己不应该分心关注周围的景致。但事后他写的报道被主编狠狠地批了一顿,因为此前的日食观测报道中都有诸如乌鸦在空中飞过、小鸡发出奇怪叫声之类的记述。但石内觉得,若要凝视太阳每一秒的变化就没闲工夫看别的。他的耳朵也时刻保持紧张,聆听着观测员的读秒声,身体觉得紧张得有些发冷。

太阳的正中与黑色的月亮准确相叠,就像在照片或图片上见过的那样。现在,石内用肉眼见到了这番情景。细细的光圈就像一串光珠串成的念珠——这是一粒一粒的闪光珠子连成的光圈。

一瞬间,石内似乎听到空中鸣响的风声。

妹尾的计算完全准确。如果这个地点偏离出1.2公里宽幅的狭小日食带,就不可能捕捉到如此精美的金色日环食的光彩。这个地点确实就是日食带的中心。石内觉得在那个瞬间听到的风吟或许就是在为妹尾博士喝彩。

所有人都很兴奋,互相祝贺着观测工作取得的巨大成功。照片也立刻被冲印出来,交给各大媒体。石内的工作就是立刻去岛上唯一的邮局,用电信机把照片和报道发给总部。

石内一边做着这些事,一边心想:美国观测队那边怎么样了?美国队里也有日本的技术人员。事后听说,美国队的观测也很成功,他们所拍摄的金色日环食的照片与日本队拍的几乎没差别。

这个结果意味着,日本和美国的观测点都位于1.2公里宽幅的狭窄日食带之中,问题是不知道哪一方更接近中心。

石内立刻去见了末田博士。他向博士道喜,同时提出了自己的疑问。

"现在还不知道,"博士笑着回答石内这个外行人的问题,"我们需要回到东京,综合分析各项数据后才能得出结论。"

"什么时候能知道结果?"

"要花三四个月吧。"博士回答石内时,脸上带着观测成功的兴奋。

石内后来才知道,这其实是一项非常浩大的工程,需要以实时的观测资料，也就是以所拍摄的照片为基础，进行精密的测定、补充和修正研究，并运用复杂的计算方式计算出准确的观测数据，最后求得关于月球与太阳边缘效果的数值。

对于在 R 岛进行的日食观测，石内只是一名报社记者，是旁观者。他的工作只是用笔写下观测阵营的逸闻与日食的情况。与科学家工作内容的专业度与充实度相比，石内觉得自己在报社的记者工作根本可谓没有意义，简直就是空无。

这一次，石内比其他任何报社的记者更早也更热心地关注今天的观测报告会。石内觉得，几天前末田博士话里有话的那句"今天会很有意思"，是因为仍记得自己在 R 岛问他的问题。博士的那句话给石内的感觉就像是他已经知道了好的结果，却故意先藏着，打算稍后再给人惊喜。

石内从博士的表情判断——经过论证，妹尾博士的计算是准确的，会在报告会上正式发布这个消息。

当然，过会儿公布的也许会是他这种外行人完全听不懂的报告。但石内觉得，在今天的报告会上，自己之前的疑问一定可以得到解决。一想到这里，他便带着与其他学者不同动机的兴奋，进入了会场的记者席。

会场里不只有日本人，还来了很多外国人。石内分不清他们到底是美国人、法国人还是德国人，但感觉美国人更多些。

负责 R 岛观测的末田博士与各部门的负责人开始做报告。他们说的那些理论，石内几乎一句都没听懂，但依然忘我地做着笔记。

会场是战前留下的场地，有多处破损，采光也很不好。但在石内看来，这里比任何殿堂都要富丽堂皇。

会场上听不到一句闲聊。讲台上摆着大型的黑板和地图，报告人员时而用棒指着地图，时而用粉笔在黑板上写字，但大多都是学术用语，石内完全听不懂。

听众们聚精会神地安静聆听。战后初期的日本，每天都在为担心明天可能没米而急红了眼，此刻却仿佛成了别样的世界。报告过程中，当发言人有所停顿的时候，会场里就会响起轻轻的掌声。

整场报告会由几位学者轮流发言，一共持续了两个多小时。虽然石内很多都没听懂，但理解到这次报告会的主旨为——妹尾关于 R 岛观测的计算完全准确，在此基础上所设立的日本观测点确实就在日食带中心。

石内回到报社，立刻整理自己的笔记，用少得可怜的天文知识拼命地撰写报道。他写了很长时间。他觉得这是他在记者生涯中写得最投入的一次。

这天晚上,石内把稿纸装入口袋,坐车赶往末田博士家。

末田博士把石内请进客厅。石内看到末田家客厅里的摆设几乎全是战前的东西,被损坏的也都还没修过。末田夫人端来装有两个烤红薯的碟子,这在当时算是请吃大餐了。

末田博士把石内的报道通读了一遍,对其中一些用词进行了纠正。

"这样就行了吧?"博士微笑着说,"但这种报道会有人看吗?"博士有些怀疑地说,"与日食观测活动不同,这么多枯燥的理论,报社会愿意登出来吗?"博士歪着脑袋说。

石内其实也觉得有点悬,因为当时已经过了 R 岛金色日环食的热潮。这次枯燥的报告会感觉只是在收尾,就新闻价值而言,说是零都不为过。石内自己也觉得,主编也许会把这篇稿子给毙了。然而,第二天早上,石内打开送到家的报纸一看,不由得瞪大了眼睛。他本以为就算登出来也会被砍掉大半,而且最多会在报纸的犄角旮旯刊登豆腐干大小的一块。但事实上,他写的报道不仅被放在头条位置，还整整占了三大段。石内觉得编辑部这次真是出大力了。

日食委员会于×日举办了R岛日食观测报告会。当时在R岛的观测地点比之前预想的地点向北偏移了六百米，这是根据妹尾博士最近计算的结果所作的决定。报告会当天，末田博士证实："我们分析了R岛的观测结果，收集并整理了各地的资料后发现，日食实际发生的各段接触时间，就平均而言，比美方预计的时间提早了0.03秒。"

这表示妹尾博士的预报更为准确。

负责非全食摄影的天文台安田技术长官也表示："月亮与太阳的第一接触的实际时间比美国观测队预计的时间晚了0.07秒，第四接触时间则快了0.3秒。"

这再一次证实妹尾博士的计算更为准确。

另外，妹尾博士之所以会得出更为准确的计算结果，是因为他考虑到了地图上日本列岛的位置与实际位置存在六百米的偏差。这从天文学角度证明了地图有误，是一项非常重要的数据资料。

这篇报道的标题是《日本日食观测队的胜利》。石内久久地看着这个标题和自己所写的报道。

三

刊登关于报告会报道的只有石内所属的报社。其他报社对此只字未提。

石内所写的报道意外得到了好评。大家都说他写的内容都是"干货",非常有意思。对于战败后萎靡不振的日本国民的内心而言,日本科学队伍的胜利,就像点亮了一盏小小的明灯。

石内非常高兴自己所写的报道没有被毙,还得到头版大幅刊登的待遇,感叹好的报道还是有人愿意看的。他还听说,不仅自己所属的报社,其他报社的同行也都称赞他的这篇报道。

报道刊登后,过了一周,主编找到石内说:"GHQ[①]叫你去一趟。"

"什么事?"

"不知道,"主编似乎真的不知情,"总之,让你明

[①] 二战后,美国占领日本时期所设立的驻日盟军总司令部。

天早上去地理科。去了就知道是什么事了。对方很守时,你可别像来报社那样那么随便。"

听主编的语气,感觉应该不是什么大事。但石内第一次知道GHQ里还有专门的地理科。

当时有传闻说,思想上有问题的人都会被"请"去GHQ,当然,石内自认思想上什么没问题。他既不是西伯利亚滞留者①,亲戚里也没有那样的人,所以他完全想不到自己被叫去的理由。

第二天早上,在对方指定的十点钟,石内来到GHQ的地理科。他本以为地理科会在司令部总部的建筑里,没想到是在一栋船运公司大楼的四楼。

入口处站着MP②。石内拿出主编给他的传唤状,宪兵动了动下巴示意他进去。

石内进入楼内,其明亮与壮观的程度让他震惊不已。对于他那双看惯了被烧毁的残楼的眼睛而言,这里根本不是日本。走在走廊里的也全都是美国大兵。虽然会看到几个日本人,但那些人不是翻译就是杂工。

他来到四楼的前台,一名美国大兵扫了一眼石内手

---

① 二战结束后被苏联红军解除武装后押送至西伯利亚的日本战俘。
② 宪兵。

里拿着的传唤状，让他在门口等了一会儿。前台和办公室之间有遮挡物，石内暂时看不到里面的情形。大兵还拿给他一把非常漂亮的椅子，示意他可以坐着等。

一个瘦瘦的日本年轻人迈着美国人似的阔步来到石内面前。他一边嚼着口香糖一边对石内说："你是石内？"

石内回答"是"。

"跟我来。地理科长史密斯大尉想和你谈谈。"

"请等一下，"石内觉得这个男人是翻译，"请问叫我来是什么事？"

这个翻译的头上抹了很多发胶，二十四五岁的样子，单眼皮，薄嘴唇，一脸冷淡，还戴着一根通红的领带。他对石内的问题冷冷地笑了笑："什么事？你自己一点儿预感都没有吗？"

"完全没有。"石内一脸茫然地回答说。

翻译继续冷笑地说："你是××报社的人吧？"

"是的。"

"今年三月去过 R 岛吧。"

"去过。"石内开始有些不安起来。R 岛是北海道的附属岛屿，与沿海州隔海相对，听说最近那附近有很多走私船只和不明身份的船只出入，还有报道说那是苏联的间谍。一瞬间，石内想了很多，担心自己是不是被当成了间谍。

"但我去R岛是因为……"石内急着解释道，"报社让我去采访日食观测活动。"

"知道，我们都知道。"这个日本翻译点头的模样也像个美国人，下巴大幅度地动个不停。"总之，跟我去见科长吧。"

翻译带路走在前面，他双脚穿着一看就是用高级鞋油擦得锃亮的鞋子，像在跳滑步似的走在饴糖色的走廊里。这里似乎将原楼重新装修过，分隔成好几个小房间。翻译敲响了其中一间的门。石内看到门口挂着"G.史密斯大尉"的英文牌子。

打开门，只见一个穿着军绿色衬衣的大个子男人正坐在一张大书桌前，里面就像政府部门的科长室，还放着几把给来客坐的椅子。

石内犹豫着要不要上前与大尉握手，但事实证明根本没那个必要。大尉绷着一张脸，瞪着一对大眼睛。石内觉得那对圆圆的碧绿眼珠像麝香葡萄一样漂亮。

"坐吧。"一旁的翻译说。

在大尉面前，隔着书桌有一把椅子。石内坐下，不知道该怎么打招呼，只能沉默不语。

史密斯大尉用长满金毛的手从抽屉里拿出一张纸，摆到石内面前让他看。

石内大吃一惊。那正是他写的关于 R 岛观测报告会的报道，但上面有一段被贴上了厚厚的白纸。

大尉与翻译简短地交流了几句，然后向后靠在椅背上。

"史密斯大尉问，"翻译用单调的语气向石内传达道，"这篇报道是你写的吧？"

"是的。"石内回答的时候特地看了大尉一眼，发现有着双下巴的大尉正盯着自己。

"大尉想知道你写这个是什么目的？"

"什么'什么目的'？"石内一时语塞。他想说是因为报社的命令，但又怕落下话柄，而且对于一场普通报告会的报道，作为记者的他本来就没有被告知什么特别的目的。

"我只是旁听了那场报告会，然后如实地写了那篇报道，仅此而已。"

翻译将石内的话转告大尉。

之前一直在观察石内的史密斯大尉突然从椅子上站起来，狠狠地盯着石内，语速飞快地叽里咕噜说个不停。石内发现史密斯那双水果般的大眼睛射出异常的眼光，他的脸好像怒火中烧般地变成了红色，一只手还不停地上下挥舞。

石内完全呆住了。与其说是害怕，不如说是感觉莫名其妙地被置于真空之中。大尉说完，动动下巴，示意翻译转达。

"总的来说，大尉的意思是，他觉得这篇报道在批判美国科学队。日本是战败国，战败国有什么资格批判战胜国的科学？"翻译翻飞着唇舌继续说道，"希望你们主动撤销这篇报道，还必须尽快刊登一份撤销声明，篇幅必须和这篇报道一样大……"

石内这才终于明白美国大尉满面赤红的理由。但正因为知道了理由，他又陷入一种新的茫然。

这真的是一篇批判美国科学的报道吗？这只是如实记录了报告会的报道。换言之，只是报道了妹尾计算的准确性。

报告会上用各项事实证明了日本观测点更接近食带中心，而美国的观测点则位于偏离中心六百米的食带南端。这就是事实。只要没有来自科学依据的否定，这篇报道里就没有歪曲事实的部分。他只是如实报道而已，丝毫没有批判战胜国的意思。如果一定要说谁有错，那也是美国人自己"错"了六百米。

报道日本观测计算正确，为什么就成了战败国批判战胜国？"战胜国"这个词让史密斯大尉在石内面前显得好像一尊阎王。

史密斯大尉继续快语速地说着什么。

"大尉说希望你现在就回答是否同意撤销报道。"

"我……"石内想都没想地说，"我认为没必要。日本的报纸从没有过取消头版报道的先例。而且我个人认为，就算我回报社请示，想要撤销也很难。"

翻译将石内的话告诉大尉。

大尉这次瞪着翻译听完，从书桌后冲了出来。石内差点儿以为他是要冲过来揍自己。

大尉在办公室里来回踱着步，大声吼着什么。"大尉要你现在就作出答复。"翻译对石内说。

"我没有权力回答这个问题。我需要回报社请示。"

大尉又和翻译说了什么。

"大尉说会直接找你的领导。没你的事了，你走吧。"

四

石内回到报社对主编说了这件事。

"他们觉得那篇报道有问题？"主编一脸意外。石内觉得任谁都会觉得不可思议。

但对于受到占领军强力监督的日本报纸而言，只说"不可思议"是没法解决问题的。GHQ里还有专门的报纸科，专门负责检阅报道，并向"有问题"的报社发出警告，而且那种警告并非只是形式上的威胁，而是会实际削减受罚报社的用纸额度，因为报纸的用纸管理权也被GHQ捏在手里。不止如此，他们还会对报纸的经营方指手画脚。

对报社而言，最大的痛点就是被削减用纸额度。在被美军占领的非常时期，每一张纸都弥足珍贵，大家对用纸问题都特别敏感。

报社的部长听完主编汇报情况，把石内叫了过去。

部长的桌子上放着石内的报道。听石内说完经过，部长反复说："这事儿麻烦了，"他似乎已经技穷，"要我们撤销登在头版的报道？这可怎么办？"

据说史密斯大尉直接找过报社的高层，估计不是社长就是专务。部长认为在GHQ首脑部门直接找上门之前必须想出对策。为此，他觉得有必要由局长或其他高层直接发表意见。

事到如今，已经没石内什么事了，因为这事已经上升到GHQ对报社的层面，所以石内已被置于问题之外。

之后的一周内，部长再没找过石内。石内看到部长很少待在自己的办公室里，而是常往局长室跑。

局长室经常有会，当然不全都为了撤销报道那件事，但石内还是觉得那件事与自己密切相关。一旦再没领导来找自己，石内反而开始浮想联翩。

他问过主编，主编却回答说不知道。

"不用担心，"主编安慰他说，"因为对方是GHQ，所以部长有些神经质。但那些家伙很多时候只是虚张声势，是他们自己的观测计算有误，面子上挂不住了，就来威胁我们。仅此而已。"

听了主编这么说，石内仍觉得不放心。事情现在已经交给上层去解决，本该与自己无关，但没有任何人告诉他任何消息，让他非常不安。

结果，报社方面并没有撤销报道。三四天内，石内每天都特别注意报纸的版面，并没有看到撤销报道的声明。他还去过编辑部和印刷厂，查看小样，也没有找到撤销声明。四五天后，他开始稍稍放心起来。

石内觉得史密斯大尉也许会不了了之，毕竟是对方在找茬儿。他也设想过史密斯找报社上层交涉后，可能结果也像当时他找自己那样，只是说说而已。这么想的时候，他甚至觉得，那个拥有麝香葡萄般碧绿色眼睛的大个子说不定是个有良知的人。

就算他们找上层，报社也没理由撤销头版报道。石内认为，报社肯定会有理有据，对美方的要求予以拒绝。因为迟迟没有看到撤销启事，石内觉得可能在自己不知道的情况下，上层已经与GHQ达成共识。

"局长叫你过去一下。"石内心里咯噔一下，心想：终于来了。其实之前他一直有不祥的预感。这一天终于还是来了。部长每次要对部下说重要的事时，都会把他们叫去局长室。这样可以避人耳目，当事人说的话不容易外传。

石内惴惴不安地走进局长室。

局长不在，椅子被排列成开会的样子。

刚才还站着的部长坐在了其中一张椅子上，让石内坐到自己身边。

部长取出香烟，缓缓地点了火。"你……"他慢悠悠地说着，"要不还是去地方分社待一阵子吧？"

石内心里想：果然如此。虽然自己已有心理准备，但此刻，他仍非常明显地意识到自己的脸色惨白不堪。

部长几次三番地把烟放在嘴边，低声说道："我知道很突然，你肯定也不服气，但暂时还是忍一忍吧。就算没那事儿，作为记者，很多地方没去过的话，也是写不出好报道的。我向你保证，一年后，一定把你弄回来。

你就当是为自己积累经验，去地方上干一年，好吗？"

"部长，"石内问，"这是上级的绝对命令吗？"

"算是吧，"部长像是被烟熏到一样眯着眼，"说实话，你的人事调令已经下来了。"

"是因为那篇报道吗？"石内没想到报社与GHQ交涉的结果是对自己的处分。

"说实话，是的。"部长没有隐瞒。也可能部长有所隐瞒，但他肯定不想糊弄石内："报社也有难处。当然我们也知道对方是在找茬，根本没道理。但如果报社予以反抗，不知道对方还会对我们说什么、做什么。这真的很难办，最怕会影响到用纸额度。石内啊，就当我拜托你了。不只是我，还有局长。"

最后一句话让石内一下子弄清了顺序。部长请示过局长，但局长上面还有高层。报社之前已经多次与GHQ地理科进行过交涉，交涉的结果是不必取消已经刊登的头版报道，但作为交换条件，必须"处分"撰写报道的记者，这样才能让史密斯大尉消气。

石内答应了调动安排，部长很高兴。其实无论石内是否答应，这都是上层早已经决定的事。

"安排你去的是××地方分社，这是局长特意安排的。其实局长也很为你着想。"

××是邻县的县政府所在地。部长的意思是，比起发配去更偏远的地方，这样的安排已经是领导们的一种仁义。虽然部长让石内忍耐一年，然而，一旦被外调，谁也不能保证一定能回来。一年后，局长、部长可能已经换人，被调去地方上的人终究会被总社遗忘。这样的先例实在太多。

石内走到报社外。附近就是银座，他朝四丁目方向走去。今天路上的人也很多。

一想到马上就要离开东京，原本熟悉的景色现在看来都变了模样。突然，石内觉得自己与这些风景已经无缘。他看到天空中升起一炷淡红色的缭绕的烟雾。

石内走进一家咖啡馆，点了一杯咖啡。

他想起了史密斯大尉的脸，还有那对令人印象深刻、好似新鲜麝香葡萄般的碧绿大眼。

战败国有什么资格批判战胜国的科学？

把大尉说的英语翻译成日语告诉石内的是那个薄嘴唇、一直嚼着口香糖的翻译。那个日本人，心里没有对任何一方的感情，只是单纯地进行语言操作。

然而，美国的观测计算存在着六百米的误差，这是连美国科学家自己都承认的事实。妹尾的计算绝对准确。史密斯大尉再怎么吼着抛出"战胜国"的论调，天体运行的事实都不会改变。

石内走出咖啡馆,看到刚才的那柱烟雾已经变得更加猖狂,远处的大楼好像晚霞一样模糊,散逸。

他抬头看天,太阳正在红色的烟雾中失去光芒,变得越来越苍白。现在石内似乎以肉眼看到了在R岛上用涂了墨的玻璃片看到的那颗太阳。那颗朦胧的、白色的太阳渐渐被侵蚀,变成了金色日环食,小颗粒光珠组成的环闪闪发光。

产生这番幻觉的同时,石内似乎又听到了风掠过耳畔的声音。

(原载于《小说中央公论》,昭和三十六年一月号)

流动之中

笠间宗平今年五十二岁。他所任职的公司规定，全勤三十年就可以获得半个月的假期奖励。宗平已经具备了这个资格。除了假期奖励，还有五万日元的现金奖。

大部分职员都会带家人一起出去旅游，宗平却打算一个人出去。妻子很多年没去温泉，说很想去，但宗平拒绝了。他再过三年就会退休，很久以前就计划着这次的独自出游。本来打算退休后再去，但总觉得退休后一个人旅行实在有些寂寞。一想到还剩下最后三年，他就决定在任职期间实施这个计划。

他打算重回小时候生活的地方。虽然那里只有他不堪的过去，没有丝毫的怀念。他没打算去怀念三十多年前就已经在内心被屏蔽了的地方，只想去那片土地找寻关于亡父的记忆。

宗平已经过了亡父的享年。但也许就是从亡父过世那个时候起，他有了这个想法。

他并没有对妻子说出实际的理由。他觉得就算说了，妻子也未必会理解。他不想把心中所想以肤浅的方式表达出来。

假期的第一个晚上，宗平坐上了西行火车。他对妻子说会去关西方面待三四天。他事先保证，退休后会让妻子做喜欢的事、去喜欢的地方，所以对于他的这次任性，妻子并没有太多不满。

宗平在火车上迎来清晨，之后又坐了五六个小时。最初下车的地方是面向濑户内海的S町。

站在车站前，宗平感觉眼前是一幅完全陌生的光景。他觉得这里已经改变了很多，却并不是因为他熟悉以前的这里。这个城市对他而言只是幼时断片式的、由父母的言语构筑的幻影。如今车站前非常热闹，而他之所以觉得变化很大，是因为他将其与无法称作记忆的脑中幻想进行了比较。

宗平三岁前曾生活在这片土地上。然而，这并非他自己确认过的事实，是死去的父亲和母亲这么告诉过他而已。这座城市曾经一半是附近物产的集散地，一半是渔港；现在则完全变了模样——填海之后成了一座大型工业化城市。宗平刚下车的时候，有一种恍如隔世的感觉，因为这里与他听说过的那个地方差别太大。

宗平完全不知道父母当年在这座城市生活的模样。宗平是父亲三十四岁时才有的孩子，所以父亲应该在这里生活到三十六岁左右。父亲是在神户认识母亲的,两人的老家都在远乡乡。

父母说宗平出生在神户,也告诉过他具体的地址,但他自己一直对此表示怀疑。户籍上登记的却是 S 町。

宗平走在登记在自己户籍上的这座城市。之前已经有人告诉过他,这座城市车站前的仓库街已经完全没了五十年前的模样。宗平于此地迈步,发现确实如此。道路两边只有运输公司和仓库等,毫无风景可言。然而,他本来就不相信自己的出生地是这里,所以在他眼里,这只是一个户籍上的地址,没有任何感触。

但宗平对一座桥的名字——锻冶桥——记忆深刻。宗平长大后,只记得火灾发生时的这座桥。之所以记忆深刻,还因为亡父经常提起母亲的妹妹。

母亲的妹妹,也就是宗平的阿姨,那时只有十五六岁,名叫阿菊。

"阿菊把你扔在锻冶桥上就跑了,"这是父亲常对宗平说的话,"阿菊背着你,说去锻冶桥看看就回来。但过了很久,就是不见你们回来。我跑过去一看,发现她把你交给了附近的阿姨,自己不知道跑去哪里了。"

宗平二十五六岁的时候,第一次收到这位阿菊阿姨的消息,那时候,她已经在北海道嫁给了一名渔夫。据说之前做过陪酒女的她曾被卖到各地，最后终于在钏路落了脚。

当时，阿姨用笨拙的字迹写来过五六封信，但宗平的母亲似乎对她没什么感情，所以不怎么回信。久而久之，又断了联系。

宗平站在锻冶桥上，之前的木桥已经变成气派的铁桥。河宽十米，流水已经发黑、发浊，像是工厂模样的地方在秋日阳光下闪光。

宗平莫名地怀念那位阿姨。一想到阿姨十五六岁的时候背着自己来到这座桥上的模样，他就想再见阿姨一次。当然，也许阿姨早已离世。宗平觉得阿姨之所以从母亲身边逃走，是因为受不了穷苦的日子。对宗平而言，比起父母，在这片土地上，他对这位阿姨的记忆更深。宗平觉得作为陪酒女被卖到北海道的阿姨一定没过上什么好日子。他脑海里同时有两位阿姨的形象，一位是背着自己在桥上彷徨的十五岁少女，另一位则是饱经沧桑、最后蜗居在昏暗的渔夫小屋里脸色苍白的女人。

宗平的父亲曾在S町的一名律师家里做杂役。宗平的脑海里有儿时听父亲讲述这件事的记忆。父亲说的其他事，他几乎都已忘记，唯独律师这个词他记得很清楚。他觉得父亲之后在法律方面略知一二，应该是得益于在律师家做过杂役的这段经历。S町的律师本来就很少，只要知道名字，应该不难找到。但他已经不记得律师的名字了。这个城市对宗平而言，印象太浅。

宗平在S町只待了两个小时就离开了。下一站，他要去更西面的M町。

M町位于濑户内海往九州突出端拐弯的地方。这里有宗平五六岁时的记忆。

宗平家当时就在这个镇上靠海最近的地方。他记得那时同一个村子里只有二十多户人家。现在的地形已经完全不同于当年的模样，大海被填，无数个高高的烟囱耸立着，冒着白烟。宗平小时候，家后面就是大海。一到夜里，就可以看到自西向东的海角处有人放火烧海藻。

从这里走二里地，可以到达因天满宫而出名的B町。M町与B町之间流淌着一条大河，宗平家就在河上那座桥走到底的地方经营过一家没什么生意的小饭馆。当时主要是母亲在忙活。那时候的父亲整天外出，也不知道在干什么。天满宫进行祭祀活动的时候，店门前会有肩上插着长条或天狗面具的人来来往往。宗平的记忆中只有这些。虽然天满宫离家很近，但父母从没带他去过。

宗平在M町下车的时候已经是夕阳西下时分。他立刻找了一家旅店。

旅店帮他叫了辆车,送他到海边,但如今的海岸线已经完全变了。宗平曾住过的家的附近,仍在开夜班的工厂的窗玻璃上映出红红的火光。唯一残留了一丝昔日印象的,就是形成迫近大海之势的黑色山影。

在这里,宗平曾有一段鲜明的记忆。一想到M町时代的生活,他总是首先想起这一段。

那时候他家里来了个阿姨,是流离到北海道的阿菊阿姨的妹妹,名叫阿咲。宗平已经完全不记得自己小时候阿姨的模样,只是后来有人给他看过她的照片。

"我们姐妹里,就数阿咲长得最标致。"母亲曾这么说过。说到母亲的长相,宗平小时候一直觉得母亲丑到让自己觉得害臊。

已经不记得这个阿姨在宗平家到底住了多久。听说是因为她丈夫应征入伍去了青岛战役[①]的战场,所以她当时一个人过。来宗平家,正好可以帮母亲一起看店。

宗平回想起当年他看过一张扑克牌大小、印在厚纸上的军人画像。那是一种斗牌游戏卡,卡纸上印有各种军人的形象,就像扔香烟牌的游戏一样,扔到地上敲到

[①] 1914年10月31日至11月7日,日本和英国共同攻打由德国控制的青岛,史称青岛战役。

对方的牌时，牌翻过来就算自己赢。在宗平的记忆中，有一张佩戴勋章的将军肖像牌。宗平至今仍记得那个将军形象的下面印着"神尾中将"的名字。

宗平曾经查过词典，知道"第一次世界大战期间，日本在一九一四年八月向德国宣战，并出兵山东省，十一月，攻陷青岛"。这么看来，有关阿咲阿姨的那段记忆已经是四十七年前的事了。

宗平的记忆中还有父亲与阿姨在面朝大海的屋子里聊天的情形。宗平自己当时在一旁玩耍，母亲不在家。关于当时母亲不在家这一点，事后另有证明。

突然，父亲抓住阿姨的头发拼命殴打。宗平已经不记得当时阿姨是什么样的发型，只记得阿姨的头发散乱开来，父亲单手抓着阿姨卷成一团的乱发，将她拽倒在地，发了疯似的不断殴打。那时的宗平在一旁吓得放声大哭。

这段往事就像被印在旧照片上似的，宗平至今记忆犹新。之后发生的事，宗平也依稀记得。阿姨被安置在屋檐低矮的二楼躺着休养，母亲则不停地往返于楼上楼下，对其进行照顾。那时，宗平记得母亲说过这样的话：

"千万别对外人说你阿姨的事哦！警察会来的。"

记忆中的那个片段——眼前是晃眼的海景，逆光下好像影子一样的父亲暴打阿姨的狼藉场面该如何解释？母亲害怕警察来的理由又是什么？

宗平长大后也没能向父母询问这个问题。他知道这其中一定有不能启齿的秘密。

阿咲阿姨后来回到了退伍的丈夫身边。不知道又过了几年，阿咲阿姨与丈夫分了手。关于分手的理由，母亲曾作过说明：

"阿武是道上的人。"

阿武是阿咲阿姨丈夫的名字。但在儿时的宗平心里，阿姨离婚不仅仅是因为丈夫作恶。在他眼里，始终映照出父亲的影子与父亲拽着阿姨的头发将其往死里打的场面。

宗平来到T町。从M町朝山中方向坐一个小时火车就可以来到县政府所在地T町。他们家在这里也开过一家小饭店，曾经做过的买卖很难说不做就不做。至于一家人为何从M町来到T町，宗平至今也不明白。那一年，宗平八岁了，所以记忆比较清晰。

父亲依旧终日外出，这一次是给法院做跑腿。在法院帮忙以及之前在律师家打杂的经验，都让父亲对法律有所接触。当然，他没有受过正规的系统教育，知道的也只是些糊弄人的皮毛,但父亲引以为豪,遇到朋友就会拿这事儿出来说,给自己脸上贴金。

说到父亲的朋友,那时候父亲开始涉足大米市场,他的所谓朋友都是那行当的人。宗平也不知道父亲是在什么时候辞了法院的工作,换下脏兮兮的立领劳动服,改穿全套的丝绸和服,在家里和市场之间跑。那一年父亲四十二三岁,在儿时的宗平眼中,父亲的身材比别人都好,穿着和服的模样非常气派。

T町位于群山环绕的盆地,有很多坡道。不知从什么时候起,父亲开始不回家。偶尔回来,也只会和母亲大吵大闹。火冒三丈的父亲会把家里开店准备好要卖的乌冬面、荞麦面、鱼肉等全都一股脑地扔进垃圾桶。这样的事情反复发生过多次,终于,父亲再也没回家。

宗平之后的记忆就是被母亲带去红灯区找父亲。他跟着母亲走入一间又一间的窑子,掀开一张又一张的门帘……宗平已经不记得当时那些窑子里的人怎么对待母亲了。他只记得跟着母亲不断地上坡、下坡……去往对孩子来说离家很远的红灯区。途中会经过一家打蹄铁的铁铺,铺子旁有时会拴着马。看着师傅抬起一条马腿,给马儿打入蹄铁,宗平当时觉得很不可思议:为什么马儿看起来一点儿都不疼?

铁铺里传出手动拉风器的声音,一旁的角落里能看到烧得通红的火焰。那是宗平在那段长长的寻父路上唯一的慰藉。有时候看不到马儿,只有空荡荡的铁铺的泥地板屋。

如今宗平来到这里,没见到任何铁铺。问附近的人,都说不知道。宗平觉得当年住过的那个家肯定早就没了。坡道的模样也与记忆中的不一样。以前,他记得两旁有森林,有小水池,现在则只有一栋接着一栋的民宅。唯一与记忆重叠的只有坡道的倾斜度。他已经无法找到铁铺原先的位置。

这条路对于当年的宗平而言,感觉非常宽广,现在却觉得狭窄无比。并非因为现在路的两侧都是住宅,而是因为当年宗平还是个孩子,在孩子眼中,这就是一条大路。

宗平朝小学方向走去。建筑物已经变成钢筋水泥构造。秋天的斜阳下,他听到孩子们嬉笑玩耍的声音。宗平找到学校的后门,好不容易找到了与记忆重叠的特征:后门的形状已经变了,但从后门进去的那条小路还是原来的模样。

宗平读小学一年级的那个夏天,他的父亲就曾站在这后门附近。他记得当时父亲朝他招手。但记忆中已经完全没了当时的对话，只记得他跟在父亲身后，来到一间脏兮兮的木造旅店的二楼。进屋时，四五个人已经在房间里坐着，父亲让宗平也坐下。

宗平完全不知道那家旅店现在在哪里。他只有模糊的印象，所以无从寻找。

宗平记得自己之后又去找过父亲两三回。记忆最深刻的一次，是父亲为宗平买来冬枣给他吃。他现在眼前仿佛都能看到当年那颗像鹌鹑蛋似的、长着斑点的绿皮枣。父亲把一大把冬枣倒在摊开的报纸上，宗平趴在地上，往嘴里塞了一个。

父亲被别的女人抛弃了。

之后，一家人又搬到O町。从T町离开的时候简直就像逃难。父亲走后，母亲关了小饭店，在隔壁的鱼糕店打下手。宗平有时候也会被一起带去。宗平记得，因为那家人多，加上还有用人，所以每次吃饭都要分两拨。因为在这里待的时间比较短，所以宗平没有太多记忆。之后母亲问邻居借了钱，然后一家人搬到了O町。

在这里，他们也是一家三口寄居在他人家里。这家人是开澡堂的，在M町时就认识，后来他们先搬来O町。一家三口住在工人房里，一间是六张榻榻米大小，还有一间只有三张榻榻米大小。父亲自从来到O町，就像换了个人似的，和母亲之间也有了久违的和睦气氛。

那时候，父亲在T町的桥上卖咸鱼，宗平记得那是父亲从冬天开始做的买卖。身材高大的父亲穿着粗布衣裳，像模像样地站在货摊后面。宗平很清楚地记得父亲被挟着冰雹的寒风吹得瑟瑟发抖的模样。

因为工人房实在太小，所以很快他们就搬了出来。这一次是湿气很重、建在低矮湿地上的板房，而且也不是他们一家人单独住整栋，只是租下其中一间。至少父亲当时卖咸鱼还是赚了些钱的。

房东是个六十多岁的老太太，还有个孙女。老太太的儿子据说去了远方，但没过多久就听说其实是进了监狱。等待儿子从监狱里出来是老太太唯一的盼头。孙女当时读小学三四年级，这个孩子很乖巧，从不让老太太操心，所以很讨老人欢心。

租户还有另一户人家。宗平记得当时两家共用一个厕所，厕所就在他们借住的房间的前面。宗平常看到隔壁那家的丈夫背着身患肺病的妻子上厕所，有时候还会在厕所里看到血。

那时候父亲有了在家开店卖鱼的想法，在纸上用毛笔写下"出售大马哈鱼"，贴在门口，但没人来买。鳟鱼也一样。大马哈鱼和鳟鱼乍看长得有点像，一般人分不出来。但宗平经过观察后发现，大马哈鱼的鱼鳞比较粗大，鳟鱼的则比较细小。

这个小知识与之后的记忆也有关联。母亲曾带宗平去过附近的亲戚家，那是父亲的堂弟，平时没什么联系，似乎父亲和他堂弟的关系不怎么好。

宗平不知道母亲为什么要带他去父亲的堂弟家。他只记得这个堂叔在大工厂工作，脑袋已经秃了。他们家有三个女儿。那天夜里，宗平与女孩们睡在一屋，就在那时候，他向她们介绍了自己知道的小知识。

那天晚上，母亲回了父亲那里，说有事要商量。

第二天早上，天还没亮，宗平就被叫醒。那时候他第一次仔细看清了堂叔的脸。外面还很暗，他坐着吃早饭。堂婶向宗平问好。之前从没受过这种礼遇的宗平赶忙鞠躬回礼。秃顶的堂叔喝着茶，一直盯着宗平看。吃完饭，宗平又被带回房间。

又过了一天，母亲来到堂叔家。女孩们乐呵呵地向母亲说宗平告诉她们大马哈鱼和鳟鱼的区别，母亲笑着听她们说完。但回家的时候，母亲的脸色很不好。现在想来，那是父亲让母亲去堂弟家借钱的缘故。结果当然是没借到钱。

之后到小学毕业为止的记忆全都非常清晰，父母成了赶庙会的流动商贩。

这也与他们最初开小饭店生意有关联，冬天卖水煮蛋、烤鱼等，夏天卖橘子水、柠檬汽水等。在白色的冰上倒入彩色的饮料，现在回想起来都觉得非常美好。

对露天商贩来说，天气至关重要。父亲很擅长看天气。他若是哪天说这天早上会放晴、傍晚会下雨，结果就一定会如此。那是父亲在T町混迹于大米市场时学到的预测天气的本事，很引以为豪。因为当时的米价会因为一天之中的天气变化而上下波动。但这种半吊子的小知识却最终让父亲坠入穷困的谷底。

父亲做生意的时候，认识了很多混混和其他露天商贩，每次都会把他颇为得意的法律知识拿出来卖弄。他沾沾自喜地以为别人会因为他拥有这种知识而尊敬他，但其实他从来没有被任何人尊敬过。

宗平觉得父亲那一知半解的法律知识其实是他的一种伪装，让自己无力的人生看起来像那么回事。因为年轻的时候曾在律师家和法院工作过，所以他曾看到过很多在法律面前低下头的人，以至于深信"法律"是这个世界上最强有力的武器。

之后，父亲也有过短暂的开花期。一开始，他借了一家店铺开餐饮店，头两年的生意很不错。五十二三岁的时候，突然一蹶不振，家里被贴满了欠缴税金的红单子。法警来家里的时候，父亲的法律知识一点都没派上用处。

才五十多岁，父亲就死了。母亲则在父亲过世的两年前已经先走一步。

宗平一边想着这些，一边坐上了开往O町的火车。看着窗外，他知道，即使下了车，自己也不会留有一丝恋恋不舍的情愫。

（原载于《小说中央公论》，昭和三十六年十月号，《流动》改题之作。）

壁上青草

你还好吧？我最近实在太忙，早就想给你寄东西的，但一直拖到现在，真是抱歉。一本本子、两支铅笔、五张明信片，我先给你寄这些，过阵子再寄，你先忍耐一下。我本来还想给你寄点钱，但不知道这么做行不行，所以这次先不寄。要是说可以寄，那我下次寄。爸爸也在努力。你当心身体，好好做人。你妈妈也向你问好。

爸爸

×月×日

辅导部长亲自过来提醒说，这次的名单校对千万别出错。我估计那是一份很重要的工作。昨晚，阿健在我脖子上留的吻痕被大家发现了。一开始大家都笑我，但后来看到阿健的脖子上也有吻痕时，嘲笑就变成了羡慕。我不知道阿健怎么想，我对被人看到吻痕的事一点儿都不觉得害羞。阿健去了教育科后，大家都看到了他的吻痕，据说被狠狠地嘲笑了一番。我安慰他说教育科的人徒有头衔，没什么大不了的本事，叫他不用放在心上。今天，我本打算按照计划表好好学习一下，但就是没什么行动力。广播还没听完，就已经呼呼大睡。加班真的很累人。好久没学习了，本想今天一定要好好学习的，但一沾到被子，就迷迷糊糊地睡着了。

×月×日

进行检查的时候，我和阿健高兴地站在一起。我们两人一起被部长看到了脖子上的吻痕。被大家知道了还是很麻烦的，最怕因此把我和阿健分配到不同的牢房。木本教官把做好的渔网送去检验室，回来后什么都没说。这让我既安心又不安。我之前不知道阿健在吃我的醋。去检验房的时候，我和K排在最后，但阿健故意挤到K身边。我以前从没想过这些，所以有些吃惊。阿健特地提起说昨天看到我和K一起去小便。我说以后我会注意。我知道阿健的心思。我也很在意他。

×月×日

昨天，山口教官给我带了本数学书。那只是高中杂志的附录，里面没什么具体内容，而且很难懂。但我还是非常谢谢他把书借给我。今天早上开始，我躺着的时候有点难受。屁股里好像长了什么东西，估计是肿起来的痔疮，站也不是坐也不行，疼得不得了。因为实在很难受，本想去病患牢房，但一想到工作还没完成，于是继续忍着。这阵子那么忙，估计病患牢房里也是乱哄哄的，所以想想还是作罢。S高中的校长过来做发言，说话很有腔调，我一边想象着他的心情一边听他说话。当他故意逗大家发笑时，别的家伙都笑了。我一想到他煞费苦心地要逗乐我们的模样，就觉得他好可怜。他说的话听上去蛮有趣的，但其实有很多错误。我想好好学习，但什么也记不住。阿健披了条毯子正在睡觉。我想让他按摩肩膀，他醒来说，今天部长骂他被子叠得不好，用钥匙链抽了他两下。

×月×日

我觉得身体好无力。那种无休止的、针扎似的疼痛真的很难受。阿健又和人打架了，对方还是个五十岁的老头。虽说对方上了年纪也打架真的不好，但这事儿还是得怨阿健太怪异。当然对方一把年纪说话却还像个小孩，实在也很不像话。

×月×日

我借来了过期的〇〇（注：某文艺杂志），想要翻翻，但终究因为加班太累，身体受不了，很早就睡了。钻进被子后，脚底板开始发疼，我觉得自己发烧了，脚底、手指、浑身上下感觉都在燃烧，特别是左手食指，肿得像妖怪。三工厂的一个家伙拿来一本《大正名作集》，为了借这本书，我送了块肥皂给他。那本书里有芥川龙之介、丰岛与志雄[①]、葛西善藏[②]等从大正到昭和的知名小说，我真的很喜欢。这个秋天，我将要在监狱里迎来成人仪式。

×月×日

我好久没学习了。我也知道这样下去不行，但就是学不起来。这样下去，别说做什么小说家，连重新做人的机会都会失去。我又收到了一直看的那份报纸，上面有征文活动，我打算投稿。还有校对的活没干完，有点

[①] 丰岛与志雄（1890—1955），日本作家，编剧。著有《回首之塔》，日本新思潮派代表作家之一。

[②] 葛西善藏（1887—1928），日本小说家，著有《悲哀的父亲》《湖畔手记》等，多取材于自身贫病交加的惨淡生活，充满辛酸哀愁和对金钱社会的嘲讽与憎恨。

儿气人，最后还是熬夜做完了。回到牢房后，我睡得像个死人。

×月×日

我去厕所，好久都没小便出来。即使像大便那样用力，也只挤出几滴来。终于，我忍不住去了医务室，医生用金色棒子和橡胶管子插进我的尿道，疼得我差点儿跳起来。我憋了一会儿，还是尿不出来，而且比之前的情况更糟。我整晚都在想阿健。

×月×日

我穿着病号服去了医院，途中还去了趟法院和车站。其实也没什么特别的感觉，就像是去了一个不同的世界。护士好像觉得我这样的人很稀奇，盯着我看了很久，我故意对其视而不见。院长人很好，而且不愧是专家，动作很快，用管子插了我两下，一眨眼就流出了很多尿。他说我得的是膀胱炎。我回了趟监狱的工厂，看到大家还是老样子地在做事。

×月×日

我从病患牢房搬回普通牢房不是因为想看电影，也不是因为病患牢房太无聊而待不下去，只是因为我想阿健了。我还想把落下的学习补上。

×月×日

我回到工厂，马上收到了大家嘲讽式的祝福。阿健最开心。市川教官过来问我好了吗。我说好了，谢谢。午休的时候，我想找阿健说说话，正走向校对工作台时，却看到新来的H正自来熟似的和阿健聊天，还给他看信。事后，阿健找了各种理由搪塞我，但我的感觉非常复杂。我对阿健说刚才的事我不会忘记。我倒不是觉得他俩有什么特别的关系，但那家伙总是一有机会就去勾引阿健。

×月×日

我们要去检验房，阿健从牢房出来到走廊的时候，因为太匆忙，只能一边走路一边扣扣子，结果被门口的教官看到，被拦住痛骂了一通。阿健觉得生气，想要抗议，我劝他说，教官想骂就让他骂吧。结果我走出去的时候也被杉冈教官拦了下来。我赶紧为刚才的态度道歉，但对方还是劈头盖脸地把我也骂了一通，实在很气人。这就是看守者和服刑者的关系。阿健只能向教官道歉，他回牢房后忍不住哭了起来。时隔好久，我再次感受到阿健的体温……今天早上，时隔一年半，我收到了父亲的来信。山口教官好像很早就替我给家里传过话。阿健问我，父母和他，谁对我更重要？我发现比起父母，我更爱阿健。

×月×日

早上起床后，我发现外面在下大雪。阿健又和人打架了，据说因为那个新来的实在太气人。教育科长过来说要带他去上辅导课，我心想这下完了。我对阿健说，你好好表现。说真的，我比任何人都更想捧着他，让他开心，但在这里不允许我这么做，因为这里是监狱。幸好在工作的事情上，阿健听了我的话。另一方面，我也觉得对不起他。××会报的报纸送来了，本想用一天半就把校对工作做完，但不管怎么努力，就是没法完成，双手就是不听脑子使唤，没法做到自己希望的那么快。扣留科的教官来了，我说去年父亲应该给我寄来过一本书，他却说没有。我也没法生气。监狱就是这么奇怪的地方。本来不用我去问他，如果寄到，他告诉我一声就好。但现在，他一副事不关己的嘴脸回答说没有。加完班，我在深夜回到牢房门口，听到两个人在窃窃私语，是那种耳鬓厮磨的轻声细语。我知道那意味着什么。在监狱待久了，没办法的。

×月×日

我知道自己不够资格，但仍试着写小说。我觉得要从事文学，多少得有点儿教养，所以在这不自由的生活中，我制定了以下学习计划：

第一天：语文（《更级日记》[①]、现代文翻译），两页原创稿。第二天：语文（汉诗、现代文翻译），两页原创稿。第三天：语文（芭蕉、芜村[②]），一页原创稿。第四天：数学，一页原创稿。第五天：英语（高二教材），一页原创稿。第六天：语文（故事、汉语），生物学（人体解剖图）、一页原创稿。

我觉得文学靠自学就可以。那位因植物学而闻名天下的牧野富太郎博士就是完全靠自学成才，文学更加可

[①] 《更级日记》，平安时期自传文学。作者菅原孝标女，记录自己13至51岁大约四十年间的经历，曾经的显赫家族随着平安朝的繁华而走向了式微，是关于名门闺秀如何成为平凡主妇的女性回忆录。

[②] 分别指俳句诗人松尾芭蕉（1644—1694）和谢芜村（1716—1783）。

以。我打算好好加油。教育科长和总务部长要走了，在放电影前向大家做告别讲话。总务部长说的只是普通的道别，教育科长则说得怪里怪气的。电影结束后，监狱长很难得地夸了教育科长。虽然他之前曾和我吵得很凶，但那只是因为身在高墙之内。从现在要去别处的他的身上，我感到了一丝寂寞。教育科长很会偷懒。电影蛮好看的，是一部现代题材的作品，讲到城市受到的各种刺激。看完后我的心情很复杂。我觉得还是拥有自由更好。

×月×日

下雨了，好冷。大家只排了队没做操就回牢房了。我弄到八十张左右的文稿纸，打算持续写作，直到我从这里出去。昨晚，我做梦梦到了天皇陛下，觉得今天一定会有好事发生。据说报上登了大赦的消息。我不知道具体是什么意思，但听说有特赦、特别减刑、缓刑等各种大赦类型。不知道我们这些人能不能获得特赦，但总比一点儿希望都没有要好。运气好的话，也许一年后就能出去。文选场的大爷拿来登着大赦消息的报纸，我借来看了一下。报道说诸如强盗、杀人、暴行等具有反社会性质的恶性罪行不能得到大赦。说实话，我挺失望的。我又问了山口教官关于特赦的事。听他的口气，像我这种不算是可以获得大赦的一级罪犯。我之前还抱着一丝希望，现在彻底失望了。我不想早早地回到牢房。我只能继续像以前一样，想着明年，也许明年就能出去。最重要的是，我要在这里好好学习，发掘自己作为小说家的资质。就算没有特赦，最差也只是和之前一样。我要从今天起好好振作。我的那间牢房里走了一个人，换了一个老实人进来。我和阿健吵架了，他揍了我一拳。好难过。

×月×日

写征文稿这种事情，时间一长就会倦怠。早上没心思干活，让别人帮着做掉了。我自己翻翻报纸，打发时间。我去教育科，请他们帮忙买本珠算的书。父亲来信了，画了一张家里的地图给我。没贴邮票，而是贴着印花税票，所以收了我二十元。我知道家里还是很穷，但信上让我不要担心家里。我想如果家里真的缺钱，我愿意拿出我的奖金寄回去，多少都可以。父亲在信里说等我出去后，全家一起搬去一个好地方。我很高兴。我也想早点儿出去。但是山口教官对阿健提起过，说我还要在这里待很久。没办法，毕竟我的确是做了那些事。假释的条件越来越高，越是想要早出去，越可能出不去。我在牢房里和阿健又吵架了，我也不想。真的好寂寞。夏目漱石的《三四郎》我只读了一半。别人也说要看。我本来打算今晚全看完，但是结果还是没完成。我写了一点点创作稿。

×月×日

一九五四年入狱后已经被关了六年的山田，今年六十五岁了，他获得了二十天的假释，现在正在等候室里准备出去。他已经进来过七八次，但有机会能出去，他还是高兴得不得了。他从早上就开始兴奋不已，完全没心思干活，在印刷工厂里转来转去的，定不下心。连那种快七十岁的老头子一听到能有机会出去都会觉得特别幸福，更别说我们这些年轻人了。要是我们有机会出去，一定会暂时忘记社会上的艰辛与残酷，放肆追寻年轻的喜悦吧？看到比我之后进来的人先出去，我很不痛快。我第一次见这个老头子的时候还曾想到过我的父亲，他们的年纪差不多。我回牢房的时候又被部长训话了。这部长真不是人，一天到晚都对加班到很晚打算回牢房休息的我不停地说教。五工厂最不像样，不管是列队还是做别的什么，每次都慢吞吞的。今天又被说教了。当时我们正跟在山口教官后面走，部长叫我们停下。我们认为一直都是这么走的，所以没理他，结果部长怒了。部长和山口教官关系不好。比起打架、抽烟那种违规行为，部长对我们不听他的却听山口教官的这种事更加在意。真是莫名其妙，他有什么资格对囚犯进行道德说教？十工厂门口的玫瑰开得很漂亮。

×月×日

工厂里的日子依旧很无聊。我们在做××高中的通知表，装订很费事，特别是斜线部分，要费好大的劲。做到一半的时候还算顺利，但一想到就算做成了这么费时的工作，若是在公司里却根本算不上是一名合格的印刷工，真的很失望。洗澡的时间到了。我和以前一样不在里面而是在外面洗的时候，一个不知道叫什么名字、反正只是一个负责开车的教官突然用竹条抽打我，让我到里面去洗。另一个犯人虽然看到里面人很多，但仍勉强挤了进去。可我偏偏犯了倔，就是不从，结果自然免不了被再三抽打。我稍微抱怨了一两句，结果又是一阵暴打。我用手挡的时候，指甲被敲掉了，肿得很厉害。虽然很生气，但我知道这就叫惩戒。这个教官后来看到我们工厂的其他人在外面洗的时候也没说什么。我不知道他干吗对我那么凶,还用竹条抽我。其他教官在我们洗澡的时候,手里也都拿着扫帚柄,不断催我们:"快点儿!快点儿!别讲话!"他们总是在吼叫,好像不那样就没法对我们这种囚犯进行管教。

×月×日

虽然之前就想过会有这一天,但没想到就是今天。是上午发生的事,负责分类的教官把阿健带去了等待出狱的牢房。阿健只对我说让我坚持。我不想让他看到我哭丧的脸,所以硬是挤出笑脸送走了他。那是一段短暂的同居生活,一年都不到。那曾是我们的幸福生活。我之前一直都强忍着,但在结束检查后,一想到回归社会的阿健的幸福,就再也坚持不住,哭了起来。我放声大哭。我不知道今后该怎么办。我觉得工厂和牢房里已经没有我存在的意义。我没想过他的出狱会带给我如此大的悲哀。我看到他的囚服被扔在教诲堂的一角,囚服上黑色的阶级肩章就像在与我道别。

×月×日

我给阿健写了封信,也不知道什么时候能送出去。我希望想办法快点寄出去。我甚至想过走后门,但结果没戏。神啊，请保佑阿健的幸福。我也好想出去，但有可能到我刑满之前，这封信仍在我这里。

×月×日

我向神祈求阿健给我写信。但在那之前，我还有很多烦心事——我拜托山口教官把我的信寄给阿健，不知道他寄了没；阿健到底有没有收到那封信；如果收到了，他会不会给我回信；如果回信，山口教官会不会把信给我……这里的教官们都在混日子，常常偷懒翘班，就算有信也会很晚才给。即使阿健没有收到我的信，我依然相信他会想办法和我联系。我每天除了想这些事，完全做不了别的。另外，家里的事也挺让我担心。父亲和哥哥已经很久没给我来信了。哥哥之前的那封信上说家里人都好，让我放心。但自那以后就再没来信，我真的好担心。特别是到了晚上，我经常害怕自己快要发疯，然后突然惊醒。阿健的事、出狱之后的事、进入社会的生活和将来……想着想着，我觉得自己快疯了，而且越想越怕。阿健的信还是没来。是不是法务省的检察官太忙，来不及检阅？如果是那样的话，实在太愚蠢了。自两三天前开始，监狱里传闻马上要巡检了，大家立刻乱成一锅粥。我一早去了教育科，无所事事。去工厂的时候，总务部长过来让我做整理文件、装订之类的活儿。教官们平时都在偷懒，要巡检了才开始手忙脚乱地做各种门面功夫。大扫除搞得简直就像要过年一样。印刷工厂那里，还有限定期限的报纸的活儿要赶工，这可不能耽误。四台机器同时开工。看着巡检前那些教官们心神不定的模样，我觉得他们也是为了生活才不得不和我们这种人待在一起。他们的大半生都要在监狱里度过。这么看来，也不知道该说到底是谁被判了终身监禁。

×月×日

我依旧在想阿健。不知道他现在过得怎么样。我一直在想他。只要他过得好就好了。他那种性格，稍微碰到点儿事就可能气馁，甚至一蹶不振。今天早上吃完饭，我把空盘子端到外面，半路上看到一工厂的两个人不知道因为犯了什么错，全都坐在地上，其中一个人被不停地扇耳光，另一个人被看守用皮带不停地抽打。据说只是因为在账面上把五册的工作量算到了其他工厂的账上。昨天，我想象过教官们就像被终身监禁的犯人，现在看着他们发疯似的打犯人的模样，觉得也不是不能理解他们的心情。

×月×日

山口教官突然把我叫去，我以为是阿健给我来信了。但山口教官却说阿健得了精神病，被送进疗养院了。我震惊得好久说不出话来，不是因为他的病名太可怕，而是因为我想起他曾对我说过，自己如果出去了说不定会变回像以前一样不正常。但在我看来，阿健完全没什么不正常，只是外面的人觉得他不正常而已。那就是他们口中的精神分裂症。如果我出去了，不知道会被人当成什么？要是我在阿健身边，说不定他不至于这样。我急切地渴望快点儿出去。

×月×日

我也不知道自己到底有没有做小说家的才能。为注定结不了果的苗浇再多的水、施再多的肥也无济于事，都是徒劳。我一直在重复这种徒劳，我是一个滑稽可笑的人。但如果人生从最初到最后一直都在施无用的肥，结完全没用的果，这也是一种人生吧？今天印刷装订的是一份公务员考试题，我想偷出来卖给监狱里的某个教官，听说她女儿将要参加这个考试。但后来我觉得自己打算做的事儿实在有些龌龊。我觉得自己还是一个未完成的人。回到牢房入睡后，我梦见了阿健。醒来后觉得好开心。

×月×日

　　监狱其实是一个很有趣的地方。大家都有很多东西可以交换。五百元的新钢笔可以换五十元两块的羊羹糕点，被换了羊羹的钢笔又被负责打扫的换了三支香烟。这事儿很令人匪夷所思。五百元的钢笔只值三支香烟，新生牌的香烟在外面也只卖六块钱而已。这就是人生吧。我最近一直在想文学的事，变得越来越无聊。我也想学别的科目，阿健走了以后，我就一直没什么干劲。监狱长再过三个月就要被调去××县了，不知道新来的监狱长会是什么样的人，估计也不会好到哪里去。晚上学习的时候，我突然想到了回家以后的事。父亲四十七岁，母亲四十一岁，妹妹和弟弟刚上中学。哥哥在自卫队，一直不回家。如果要为了养家出去工作，估计还是会不得不放弃将来做小说家的梦想。为了全家的生计而去工作，这种放弃难以避免。我还想过，或者我可以不回家，而是一个人去东京，找个包吃包住的工作。如果那时候阿健的病好了，可以和他一起去。如果他还没好，那只能对不起他，我一个人去东京。

×月×日

监狱长没做临别发言，倒是给所有教官发了东西，还做成礼包。明天会有考试题送过来印刷。必须抓紧干活，要把报纸工作都做完。阿健一直没消息。

×月×日

就算巡查碰巧查到我们这儿，巡查的人也只会看建筑物和作业状况，根本没兴趣管我们，更不可能向囚犯征求意见。他们只是表面上过过场而已。靠这种巡查能发现问题、解决问题？真可笑。我感觉他们只是拿着老百姓交的税金，样子装得很好地走马观花一下而已。他们口口声声说从早到晚都在考虑怎么减少犯罪，但囚犯进来后三四年才接受一次巡查，能获得什么帮助？说这样就能解决问题、能减少犯罪的都是天方夜谭。囚犯里难道会有人主动盼着面见巡查者反映情况？愚蠢！就算真有这样的人，也早就被加刑到无期了。在这里的大多数人都不是初犯，谁都清楚关在里面接受教育到底是怎么回事。因为监狱长离任，要向大家训话，所以下午所有人都聚集到讲堂。监狱长的话又长又臭，没完没了。接着，副组长作为我们这些学生（囚犯）的代表向监狱长做离别致辞。我觉得这个监狱长真的就是一场空，我甚至有一种奇妙的、同情他的感觉。他肯定以为自己在尽全力地帮助少年犯改过自新，但在我们看来，只有监狱长一个人在努力，其他人不过是来领薪水的。他们的所谓教育也是如此，说什么希望半年内能让文盲识字。监狱长的这种教育目标听上去很美好，但实际上，我们所上的教育课只有不得要领的东拉西扯，以及被讲解得云里雾里的学科知识。下午有浪曲表演，据说是监狱长给大家的福利。表演者是两个女人和一个男人，听到动人之处确实会流泪。看完表演，山口教官挖苦我说我的帽子没脏，一看就知道没怎么干活。我本以为偷懒没人知道，但其实很容易被发现。

×月×日

今天印刷某高中考试的试题。那些问题给我的感觉是老师们打算教出天才。特别是语文，难得出奇。来学校进行试题印刷监督的老师们一个个神经质似的东看西看，让我们干起活来很不痛快。我给父亲写了封信，但忘了申请寄信许可。回到牢房，回想这一整天的事。明明不知道自己什么时候才能出去，满脑子想的却都是出去以后的事。我一直在想，等我出去了，一定要好好学习，那样就能写出很棒的文章来。晚上，听完广播，十工厂一个叫N的变态开始和人吵架，牢房里全是叫他闭嘴的吼声。那家伙一直吵个不停，别的牢房里也传出吼声，叫他安静。结果他非但没停，反而一个人大声哭闹起来。

×月×日

新的监狱长来了，要做演讲，让大家去教诲堂。他的发言没什么新意。每次来新的监狱长，做的事都一样。新的监狱长说自己脸长得丑，但心很善，大家听了并不觉得有多可乐。听说医务科的山田教官要走了。前阵子，这里频发吸烟事件，据说是山田教官给了去他那里看病的囚犯香烟，结果导致拿到烟的囚犯受到重罚。而这件事之所以被发现，是因为囚犯拿了香烟回到牢房后，又把香烟分给了别人。

山田教官在这里干了五年，据说退休金只有两万五六千日元，真的少得可怜。我听山口教官说，山田教官从囚犯的家人那里收受西服及其他物品。然而，不管有什么规定，山田教官毕竟是有妻小的人，三十多岁了，还得找份养得起全家的工作，说实话真的不容易。因为小小的贿赂和给囚犯香烟这么小的事就被免职，说明这里和外面的世界没什么两样，不会因为是监狱的教官就有什么特权。比起在外面那个自由的世界里找不到"饭碗",就算不乐意,他们肯定也会选择在这里工作到退休。我们在勤勉地劳动,他们在偷懒地工作,囚犯与教官的差异仅此而已——今夜,我拿出好久没碰的英语单词册,吃惊地发现居然已经忘了那么多。

(原载于《新潮》,昭和四十一年五月号,

《少年受刑者》改题之作。)